dtv

Zwölf Geschichten aus Südamerika …

– Karneval. Bisher gruselig großartige Teufelei. Künftig flottes Amüsement? (Gallegos)
– Ein Indiomädchen. Demut. Ein Hauch von Glück. Ein Kind. Wieder Demut. (Garmendia)
– Was ist das Leben? Gute Frage. Keine Erzählung. (Fuenmayor)
– Revolution. Es geht los. Wozu hat man mir eine Machete in die Hand gedrückt? (Téllez)
– Ein riesiges urweltliches Krokodil. Man muss es leider töten. Nun wird es zum Mythos. (Cuadra)
– Einen Mann angeln, auf kreolisch. Schickes, leicht verruchtes Dramolett. (Palacio)
– Der Vater: einerseits Schutzpatron der Tochter, andererseits Herr der Mannesehre. Markiges Melodram. (García Calderón)
– Hahnenkampf. Sieg und Untergang, bewundernd miterlebt. (Valdelomar)
– Eine unerfüllte junge Frau. Ein freundlicher kalter Gatte. Vorm Fenster: ein Baum zum Träumen. (Bombal)
– Tödliche Gold-Gier, in germanischer Verkleidung (?) (Borges)
– Ein achtjähriger Junge. Rauhe Männer. Pferde. Bedrohung. Gemeinheit. Rache. Rettung. Ob die Geschichte sich ereignet hat oder ob der Junge nur war, «wo die wilden Kerle wohnen», kann abschätzen, wer selber mal ein Junge war, mithin: jeder Mann. (Ocampo)
– Vorstadt. Liebschaften kommen und gehen. Am Ende war die erste doch echte Liebe gewesen? (Onetti)

… in spanisch-deutschem Paralleldruck.

El caballero Carmelo · Der Held Carmelo
Erzählungen aus Südamerika

Übersetzungen von Erna Brandenberger (EB),
Gerhard Dilger (GD), Marion Kaufmann (MK),
Peter Kultzen (PK) und Gerhard Poppenberg (GP)

Deutscher Taschenbuch Verlag

dtv zweisprachig
Begründet von Kristof Wachinger-Langewiesche

1. Auflage Juli 2003. 3. Auflage Januar 2007

Umschlagkonzept: Balk & Brumshagen
Umschlagbild: ‹Der Violinist› (1899)
von José Ferraz de Almeida Júnior (1850–1899)
Satz: Greiner & Reichel, Köln
Druck und Bindung: Kösel, Krugzell
Gedruckt auf säurefreiem, chlorfrei gebleichtem Papier
Printed in Germany
ISBN-13: 978-3-423-09427-6
ISBN-10: 3-423-09427-3

Inhalt

Rómulo Gallegos
El crepúsculo del diablo

I

En el borde de una pila que muestra su cuenca seca bajo el ramaje sin fronda de los árboles de la plaza, de la cual fuera ornato si el agua fresca y cantarina brotase de su caño, está sentado «el Diablo» presenciando el desfile carnavalesco.

La turba vocinglera invade sin cesar el recinto de la plaza, se apiña en las barandas que dan a la calle por donde pasa «la carrera», se agita en ebrios hormigueos alrededor de los tarantines donde se expenden amargos, frituras, refrescos y cucuruchos de papelillos y de arroz pintado, se arremolina en torno a los músicos, trazando rondas dionisíacas al son del joropo nativo, cuya bárbara melodía se deshace en la crudeza del ambiente deslucido por la estación seca, como un harapo que el viento deshilase.

Con ambas manos apoyadas en el araguaney primorosamente encabullado, el sombrero sobre la nuca y el tabaco en la boca, el Diablo oye aquella música que despierta en las profundidades de su ánimo, no sabe qué vagas nostalgias. A ratos melancólica, desgarradora, como un grito perdido en la soledad de las llanuras; a ratos erótica, excitante, aquella música era el canto de la raza oscura, llena de tristeza y de lascivia, cuya alegría es algo inquietante que tiene mucho de trágico.

El Diablo ve pasar ante su mente trazos fugaces de paisajes desolados y nunca vistos, sombras espesas de un dolor que no sintió su corazón, relámpagos de sangre que otra vez, no sabe cuándo, atravesaron su

Rómulo Gallegos
Teufelsdämmerung

I

Auf dem Rand eines Brunnens, der sein trockenes Becken unter dem kahlen Geäst der Bäume des Platzes zur Schau stellt – er wäre dessen Schmuck, wenn frisches Wasser klingend aus seinem Rohr flösse –, sitzt «der Teufel» und verfolgt den Karnevalsumzug.

Die lärmende Volksmenge strömt unaufhörlich auf dem Platz zusammen, drängt sich an den Geländern der Bürgersteige zu den Seiten der Straße, durch die «der Zug» kommt, taumelt in trunkenem Gewimmel um die Buden, an denen Kräuterschnäpse, Frittiertes, kühle Getränke und Tüten mit Konfetti und buntem Reis verkauft werden, und umringt in dionysischen Kreistänzen die Musiker, die zum heimischen *Joropo* aufspielen. Wie ein Lumpen, der im Sturm zerfetzt, löst sich die wilde Melodie in der unwirtlichen Umgebung auf, die von der trockenen Jahreszeit allen Schmuckes beraubt worden ist.

Mit beiden Händen an den kunstvoll mit Pitaschnur umwickelten Stamm des Araguaney gelehnt, den Hut im Nakken, Tabak im Mund, lauscht der Teufel der Musik, die in den Tiefen seines Gemütes eine unbestimmbare Sehnsucht weckt. Bald wehmütig und todtraurig wie ein Schrei, der sich in der Einsamkeit der Ebenen verliert, bald erotisch und erregend, war jene Musik der Gesang der dunklen Rasse, voll Trauer und lüsternem Begehren – ihre Ausgelassenheit hat etwas Beunruhigendes, sie verbirgt eine große Tragik.

Vor dem inneren Auge des Teufels ziehen flüchtige Bilder trostloser, nie gesehener Landschaften vorbei, dichte Schatten eines Schmerzes, den sein Herz nie empfunden hat, blutige Blitze, die zu anderer Zeit, er weiß nicht, wann, sein

vida. Es el sortilegio de la música que escarba en el corazón del Diablo, como un nido de escorpiones. Bajo el influjo de estos sentimientos se va poniendo sombrío; sus mejillas chupadas se estremecen levemente, su pupila quieta y dura taladra en el aire una visión de odio, pero de una manera siniestra. Probablemente la causa inconsciente de todo esto es la presencia de la multitud que le despierta diabólicos antojos de dominación; sobre el encabullado del araguaney, sus dedos ásperos, de uñas filosas se encorvan en una crispatura de garras.

Al lado suyo, uno de los que junto con él están sentados en el borde de la pila, le dice:

– Ah, compadre Pedro Nolasco, ¿no es verdad que ya no se ven aquellos disfraces de nuestro tiempo?

El Diablo responde malhumorado:

– Ya esto no es carnaval ni es ná.

El otro continúa evocador:

– ¡Aquellos volatines que ponían la cuerda de ventana a ventana! ¡Aquellas pandillas de negritos que se daban esas agarrás al garrote! Y que se zumbaban de veras! ¡Aquellos diablos!

Por aquí andaban las nostalgias de Pedro Nolasco.

Era él uno de los diablos más populares y constituía la nota típica, dominante, de la fiesta plebeya. A punto de mediodía echábase a la calle con su disfraz infernal, todo rojo, y su enorme «mandador» y de allí en adelante, toda la tarde, era un infatigable ambular por los barrios de la ciudad, perseguido por la chusma ululante, tan numerosa que a veces llenaba cuadras enteras y contra la cual se revolvía de pronto blandiendo el látigo, que no siempre chasqueaba ocioso en el aire para vanas amenazas.

Leben durchzuckten. Das macht der verwunschene Zauber dieser Musik, sie bringt sein Herz in Aufruhr, als wäre es ein Nest voller Skorpione. Von diesen Empfindungen wird seine Stimmung immer düsterer, durch seine eingefallenen Wangen läuft ein leises Zucken, seine ruhigen, harten Pupillen senden einen hasserfüllten Blick aus, der böse die Luft durchbohrt. Insgeheim schuld an alledem ist wohl die Gegenwart der Menge, die die teuflische Begierde in ihm weckt, sie sich zu unterwerfen; seine rauhen Finger mit den spitzigen Nägeln verkrallen sich in die Umwickelung des Araguaney.

Einer von denen, die neben ihm auf dem Brunnenrand sitzen, sagt:

«Stimmt's, Gevatter Pedro Nolasco, Verkleidungen wie zu unserer Zeit sieht man heutzutage nicht mehr?»

Missmutig entgegnet der Teufel:

«Karneval kann man sowas gar nicht nennen!»

Der andere erinnert sich weiter:

«Die Seiltänzer damals, die zwischen zwei Fenstern ihre Schnur aufspannten! Die Neger, ganze Gruppen, die mit Stöcken auf einander einprügelten – und zwar mit voller Wucht! All die Teufel!»

Pedro Nolasco dachte voller Wehmut daran.

Einst war er einer der bekanntesten Teufel und die tonangebende Gestalt bei dem volkstümlichen Fest. Punkt zwölf Uhr mittags trat er in seinem Höllenkostüm auf die Straße, ganz in Rot gekleidet, in der Hand den gewaltigen «Herrscher», und von da an ging es den ganzen Nachmittag und Abend unermüdlich durch alle Stadtviertel, verfolgt von der heulenden Schar, die manchmal so zahlreich war, dass sie sich einen ganzen Häuserblock entlang hinzog, und zu der er sich immer wieder unversehens umwandte und mit der Peitsche ausholte, die keineswegs, in der Luft knallend, bloß leere Drohungen ausstieß.

Buenos verdugones levantó más de una vez aquella fusta diabólica en las pantorrillas de chicos y grandullones. Y todos la sufrían como merecido castigo por sus aullidos ensordecedores, sin protesta ni rebeldía, tal que si fuera un flagelo de lo Alto. Era la tradición: contra los latigazos de los diablos nadie apelaba a otro recurso sino al de la fuga.

Posesionado de su carácter, dábalos Pedro Nolasco con verdadera indignación, que le parecía la más justa de las indignaciones, pues una vez que se vestía de diablo y se echaba a la calle, olvidábase de la farsa y juzgaba como falta de lesa majestad los irreverentes alaridos de la chiquillería.

Ésta, por su parte, procedía como si se hiciese estas reflexiones: un diablo es un ente superior; todo el que quiere no puede ser diablo, pues esto tiene sus peligros y al que sabe serlo como es debido hay que soportarle los latigazos.

Pedro Nolasco era el mejor de los diablos de Caracas. Su feudo era la parroquia de Candelaria y sus aledaños y allí no había muchacho que no corriese detrás de él aullando hasta enronquecer y arriesgando el pellejo.

Respetábanlo como a un ídolo. Cuando se aproximaba el Carnaval empezaban a hablar de él y su misteriosa personalidad era objeto de entusiastas comentarios. La mayor parte no lo conocía sino de nombre y muchos se lo forjaban de la manera más fantástica. Para algunos, Pedro Nolasco no podía ser un hombre como los demás, que trabajaba y vivía la vida ordinaria, sino un ente misterioso, que no salía de su casa durante todo el año y solo aparecía en público en el Carnaval, en su carácter absur-

Mehr als einmal hinterließ die teuflische Geißel feuerrote Striemen an den Waden kleinerer und halbwüchsiger Jungen. Doch alle nahmen sie als verdiente Strafe für ihr ohrenbetäubendes Gejaule widerspruchslos hin, so als erfolgte die Züchtigung durch den Himmel selbst. Es war ein ungeschriebenes Gesetz: Wer die Peitschenhiebe der Teufel nicht hinnehmen wollte, dem blieb nur die Flucht.

Besessen von seiner Rolle, schlug Pedro Nolasco mit echt empfundener Empörung zu und fühlte sich dabei völlig im Recht, denn sobald er sein Teufelskostüm überzog und auf die Straße trat, vergaß er, dass alles bloß ein Spiel war, und empfand das respektlose Geschrei der Kinderschar als Majestätsbeleidigung.

Die Kinder schienen die Sache ihrerseits so aufzufassen: Ein Teufel ist ein höheres Wesen; nicht jeder Möchtegern kann ein Teufel sein, denn das ist eine durchaus gefährliche Angelegenheit, und wer sich darauf versteht, dessen Peitschenhiebe gilt es auszuhalten.

Pedro Nolasco war der beste Teufel von Caracas. Seine Herrschaft erstreckte sich über die Pfarrei Candelaria und die angrenzenden Gebiete. Kein Junge, der dort wohnte, der nicht heulend und jaulend hinter ihm her lief, bis er heiser war, auf die Gefahr hin, einen Peitschenhieb einzufangen.

Sie verehrten ihn wie eine Gottheit. Wenn die Zeit des Karnevals näher kam, setzten auch die Gespräche über ihn ein, und seine geheimnisvolle Persönlichkeit war der Gegenstand begeisterter Kommentare. Die meisten kannten ihn bloß vom Namen, und viele malten ihn sich in der Vorstellung in den fantastischsten Farben aus. Einige waren der Ansicht, Pedro Nolasco könne unmöglich ein Mensch wie alle anderen sein, also einer, der arbeitete und ein gewöhnliches Leben führte, vielmehr handele es sich bei ihm um ein geheimnisvolles Wesen, das das ganze Jahr das Haus nicht verließ und sich nur im Karneval in der Öffentlichkeit zeigte,

damente sagrado de diablo. Conocer a Pedro Nolasco, saber cuál era su casa y estar al corriente de sus intimidades, era motivo de orgullo para todos; haber hablado con él era algo como poseer la privanza de un príncipe. Se podía llenar la boca quien tal afirmaba, pues esto solo adquiría gran ascendiente entre la chiquillería de la parroquia.

Aumentaba este prestigio una leyenda en la cual Pedro Nolasco aparecía como un héroe tutelar. Referíase que muchos años atrás, en la tarde de un martes de carnaval, Pedro Nolasco había realizado una proeza de consagración a «su cuerda». Había para entonces en Caracas un diablo rival de Pedro Nolasco, el diablo de San Juan, que tenía tanto partido como el de la Candelaria y que había dicho que ese día invadiría los dominios de éste para echarle cuero a él y a su turba. Súpolo Pedro Nolasco y fue en busca de él, seguido de su hueste ululante. Topáronse los dos bandos y el diablo de San Juan arremetió contra la turba del otro, con el látigo en alto acudió en su defensa el de Candelaria y antes de que el rival bajase el brazo para «cuerearlo», le asestó en la cara un formidable cabezazo que a él le estropeó los cuernos y al otro le destrozó la boca. Fue un combate que no se hubiera desdeñado de cantar Dante.

Desde entonces fue Pedro Nolasco el diablo único contra quien nadie se atrevía, temido de sus rivales vergonzantes, que arrastraban por las calles apartadas irrisorias turbas, admirado y querido de los suyos, a pesar del escozor de las pantorillas y quizás por esto mismo, precisamente.

und zwar in seiner, so sehr man sich gegen diese Bezeichnung sträuben mochte, *heiligen* Teufelhaftigkeit. Pedro Nolasco zu kennen, zu wissen, wo er wohnte, und Bescheid zu wissen über das, was er trieb, hätte jeden von ihnen mit Stolz erfüllt; wer persönlich mit ihm sprechen konnte, betrachtete sich im Besitz eines königlichen Privilegs. So einer durfte das Maul weit aufreißen, denn allein dadurch war ihm höchstes Ansehen unter den Jungen der Pfarrei gewiss.

Noch verstärkt wurde der Ruhm Pedro Nolascos durch eine Geschichte, in der er als wahrer Schutzgott erschien. Man erzählte, vor vielen Jahren habe er am Nachmittag eines Faschingsdienstags der Macht seiner «Schnur» heldenhaft Anerkennung verschafft. Es gab damals in Caracas einen Teufel, der Pedro Nolasco die Herrschaft streitig machte, den Teufel von San Juan, der so viele Anhänger hatte wie der Teufel von Candelaria; der hatte angekündigt, an diesem Tag werde er in das Revier seines Rivalen eindringen und ihn und seine Bande verdreschen. Kaum hatte Pedro Nolasco davon erfahren, zog er, gefolgt von seiner heulenden Heerschar, los, um den Herausforderer zu stellen. Als beide Trupps aufeinander stießen und der Teufel von San Juan mit der Peitsche ausholte und schon auf die Schar des Teufels von Candelaria einschlagen wollte, stürzte sich dieser auf seinen Widersacher und rammte ihm, bevor dessen Arm herabkam und ihm «eins überzog», den Kopf mit solcher Wucht ins Gesicht, dass ihm die eigenen Hörner zersplitterten, dem anderen jedoch sämtliche Zähne ausgeschlagen wurden. Dante würde es nicht verschmäht haben, so einen Kampf zu beschreiben.

Von da an gab es nur noch einen einzigen Teufel, Pedro Nolasco, und niemand wagte ihn herauszufordern. Er war der Schrecken seiner Rivalen, die beschämt mit lächerlich kleinen Trupps durch irgendwelche Nebenstraßen schlichen, und er wurde bewundert und geliebt von seinen Anhängern, mochten ihre Waden noch so brennen, ja vielleicht gerade deshalb.

Pero corrió el tiempo y el imperio de Pedro Nolasco empezó a bambolear. Un fustazo mal dado, marcó las espaldas de un muchacho de influencia, y lo llevó a la policía; y como Pedro Nolasco se sintiese deprimido por aquel arresto que autorizaba el hecho insólito de una protesta contra su férula, hasta entonces inapelable, decidió no disfrazarse más, antes que aceptar tal menoscabo de su majestad.

II

Ahora está en la plaza viendo pasar la mascarada. Entre la muchedumbre de disfraces atraviesan diablos irrisorios, puramente decorativos, que andan en comparsas y llevan en las manos inofensivos tridentes de cartón plateado. En ninguna parte el diablo solitario, con el tradicional mandador que era terror y fascinación de la chusma. Indudablemente el Carnaval había degenerado.

Estando en estas reflexiones, Pedro Nolasco vio que un tropel de muchachos invadía la plaza. A la cabeza venía un absurdo payaso, portando en una mano una sombrilla diminuta y en la otra un abanico con el cual se daba aire en la cara pintarrajeada, con un ambiguo y repugnante ademán afeminado. Era esto toda la gracia del payaso, y en pos de la sombrilla corría la muchedumbre fascinada, como tras un señuelo.

Pedro Nolasco sintió rabia y vergüenza. ¿Cómo era posible que un hombre se disfrazase de aquella manera? Y sobre todo, ¿cómo era posible que lo siguiera una multitud? Se necesita haber perdido todas las virtudes varoniles para formar en aquel

Doch die Zeit verging, und Pedro Nolascos Herrschaft geriet ins Wanken. Einmal traf ein fehlgegangener Peitschenhieb den Rücken eines Jungen aus einflussreichem Hause und brachte den Teufel in Polizeigewahrsam. Erbittert über den Arrest, der die unerhörte Tatsache eines Einspruchs gegen die bislang unangefochtene Herrschaft seiner Rute amtlich bekräftigte, beschloss Pedro Nolasco, der eine derartige Herabsetzung seiner Autorität nicht hinnehmen wollte, sein Teufelskostüm nie wieder anzulegen.

II

Da sitzt er nun auf dem Platz und sieht den vorbeiziehenden Masken zu. In der Menge der Verkleideten kommen auch einige lächerliche Teufel vorbei, ihr Kostüm ist bloße Dekoration, sie selbst nichts als Komparsen, in den Händen harmlose Dreispitze aus Silberpappe. Nirgendwo der Teufel als Einzelgänger, nach alter Tradition den «Herrscher» präsentierend, der der Menge Schrecken und Bewunderung einflößte. Kein Zweifel, der Karneval war auf den Hund gekommen.

So dachte Pedro Nolasco, als er auf einmal eine Gruppe von Jungen bemerkte, die sich auf dem Platz einfand. An der Spitze ein grotesker Clown, in der einen Hand einen winzigen Sonnenschirm, in der anderen einen Fächer, mit dem er auf zweideutige und abstoßend weibische Art seinem grell geschminkten Gesicht Kühlung zu verschaffen suchte. Darin bestand der ganze Witz dieses Clowns, doch die Menge lief fasziniert hinter seinem Sonnenschirm her wie hinter einem unwiderstehlichen Köder.

Pedro Nolasco empfand Wut und Beschämung. Wie war es möglich, dass ein Mann eine derartige Verkleidung anlegte? Vor allem aber, wie war es möglich, dass eine so große Menge ihm folgte? Man muss schon sämtlicher Mannestugenden verlustig gegangen sein, um sich einer derart beschämenden

séquito vergonzoso y estúpido. ¡Miren que andar detrás de un payaso que se abanica como una mujerzuela! ¡Es el colmo de la degeneración carnavalesca!

Pero Pedro Nolasco amaba su pueblo y quiso redimirlo de tamaña vergüenza. Por su pupila quieta y dura pasó el relámpago de una resolución.

Al día siguiente, martes de carnaval, volvió a aparecer en las calles de Caracas el diablo de Candelaria.

Al principio pareció que su antiguo prestigio renacía íntegro, pues a poco ya tenía en su seguimiento una turba que alborotaba las calles con sus siniestros ¡aús! Pero de pronto apareció el payaso de la sombrillita y la mesnada de Pedro Nolasco fue tras el irrisorio señuelo, que era una promesa de sabrosa diversión sin los riesgos a que exponía el mandador del diablo.

Quedó solo éste y bajo su máscara de trapo coronada por dos auténticos cuernos de chivo, resbalaron lágrimas de doloroso despecho.

Pero inmediatamente reaccionó y movido por un instinto al cual la experiencia había hecho sabio, arrementió contra la turba desertora, confiando en que el imperativo legendario de su látigo la volvería a su dominio, sumisa y fascinada.

Arremolinóse la chusma y hubo un momento de vacilación: el diablo estaba a punto de imponerse, recobrando, por la virtud del mandador, los fueros que le arrebatase aquel ídolo grotesco. Era la voz de los siglos que resonaba en sus corazones.

Pero el payaso conocía las señales del tiempo

und dummen Truppe anzuschließen. Man sehe doch bloß – da laufen sie hinter einem Clown her, der sich Luft zufächelt wie eine Hure! Schlimmer hätte der Karneval nicht auf den Hund kommen können!

Aber Pedro Nolasco liebte seine Leute und wollte sie aus solch beschämender Lage befreien. Ein Entschluss blitzte in seinen ruhigen und harten Pupillen auf.

Am folgenden Tag, es war der Faschingsdienstag, war der Teufel von Candelaria wieder auf den Straßen von Caracas zu sehen.

Anfangs sah es so aus, als sollte sein früheres Ansehen sich vollständig wieder einstellen, denn schon bald folgte ihm eine große Schar von Leuten, die mit schauerlichem Geheul auf den Straßen für Aufregung sorgten. Aber da erschien unversehens der Clown mit dem Sonnenschirm, und Pedro Nolascos Truppe lief sogleich hinter seinem lächerlichen Köder her, der köstliche Freuden verhieß, ohne die Gefahren, die einem vom «Herrscher» des Teufels drohten.

Der blieb allein zurück, und unter seiner aus Lumpen gefertigten Maske, die von zwei echten Bockshörnern bekrönt wurde, quollen Tränen schmerzlicher Verachtung hervor.

Doch gleich darauf ging er zum Gegenangriff über und stürzte sich, getrieben von einem in langer Erfahrung gereiften Instinkt, auf die Schar der Überläufer, im Vertrauen, dass die legendäre Macht seiner Peitsche sie erneut seiner Herrschaft unterwerfen und die alte Verehrung wiederherstellen werde.

Es gab ein Gedränge, und für einen Moment stand es auf Messers Schneide: Der Teufel schien nahe daran sich durchzusetzen und dank dem «Herrscher» sein altes Vorrecht, das ihm jener groteske Götze entrissen hatte, zurückzugewinnen. Die Stimme jahrhundertealter Tradition fand Widerhall in ihren Herzen.

Der Clown jedoch hatte die Zeichen der Zeit erkannt. Zit-

y tremolando su sombrilla como una bandera prestigiosa, azuzó a su mesnada contra el diablo.

Volvió a resonar, como en los buenos tiempos el ululato ensordecedor que fingía una traílla de canes visionarios, pero esta vez no expresaba miedo sino odio.

Pedro Nolasco se dio cuenta de la situación; ¡estaba irremisiblemente destronado! Y, sea porque un sentimiento de desprecio lo hiciese abdicar totalmente el cetro que había pretendido restablecer sobre aquella patulea degenerada, o porque su diabólico corazón se encogiese presa de auténtico miedo, lo cierto fue que volvió las espaldas al payaso y comenzó a alejarse para siempre a su retiro.

Pero el éxito enardeció al payaso. Arengando a la pandilla, gritó: ¡Muchachos! Piedras con el diablo.

Y esto fue suficiente para que todas las manos se armasen de guijarros y se levantasen vindicatorias contra el antiguo ídolo en desgracia.

Huyó Pedro Nolasco bajo la lluvia del pedrusco que caía sobre él, y en su carrera insensata atravesó el arrabal y se echó por los campos de los aledaños. En su persecución la mesnada redoblaba su ardor bélico, bajo la sombrilla tutelar del payaso. Y era en las manos de éste el abanico fementido el sable victorioso de aquella jornada.

Caía la tarde. Un crepúsculo de púrpuras se desgranaba sobre los campos como un presagio. El diablo corría, corría, a través del paraje solitario por un sendero bordeado de montones de basura, sobre los cuales escarbaban agoreros zamuros que, al verlo venir alzaban el vuelo, torpe y ruidoso, lanzando fatídicos gruñidos, para ir a refugiarse en las ramas

ternd hielt er den Sonnenschirm hoch, als wäre er eine verehrungswürdige Fahne, und hetzte seine Anhänger auf den Teufel.

Ganz wie in alten Zeiten setzte ohrenbetäubendes Gejaule ein, wie von einer Meute geisterhafter Hunde, aber diesmal heulten sie nicht vor Furcht, sondern vor Hass.

Da begriff Pedro Nolasco, was vor sich ging: Er war unwiderruflich vom Thron gestoßen! Und, sei es aus einem Gefühl der Verachtung, das ihn endgültig auf die Herrschaft über den verkommenen Pöbel, die er hatte zurückerobern wollen, verzichten ließ, sei es, dass tatsächlich Angst sein Teufelsherz ergriffen hatte, er wandte nun jedenfalls dem Clown den Rücken und schritt auf Nimmerwiedersehen davon.

Dieser Erfolg verstärkte die Kampfeslust des Clowns. Er feuerte seine Truppe an und schrie: «Auf ihn, Jungs, Steine für den Teufel!»

Mehr brauchte es nicht: Sogleich bewaffneten sich alle mit großen Kieselsteinen und erhoben drohend die Hände, selbsternannte Rächer an ihrem einstigen Idol, das so jäh in Ungnade gefallen war.

Pedro Nolasco ergriff die Flucht, und die Steine prasselten nur so auf ihn nieder, während er in panischer Angst durch die Vorstadt hetzte, und weiter, über die angrenzenden Felder. Immer hitziger drangen seine früheren Anhänger auf ihn ein, vorneweg als ihre Feldstandarte der Sonnenschirm des Clowns. Der hielt den Fächer hoch; mit diesem fingierten Säbel in der Hand sollte er nun heute den Sieg davontragen.

Es begann zu dämmern. Purpurnes Abendlicht ergoss sich wie ein böses Vorzeichen über die Felder. Der Teufel lief und lief durch die gottverlassene Gegend, sein Weg führte ihn zwischen Bergen von Abfall hindurch, auf denen unheilvolle Geier im Dreck scharrten; bei seinem Anblick erhoben sie sich schwerfällig und lärmend in die Luft, um sich gleich darauf böse krächzend auf den kahlen Ästen eines Baumes

escuetas de un árbol que se levantaba espectral sobre el paisaje sequizo.

La pedrea continuaba cada vez más nutrida, cada vez más furiosa. Pedro Nolasco sentía que las fuerzas le abandonaban. Las piernas se le doblaban rendidas; dos veces cayó en su carrera: el corazón le producía ahogos angustiosos.

Y se le llenó de dolor, como a todos los redentores cuando se ven perseguidos por las criaturas amadas. ¡Porque él se sentía redentor, incomprendido y traicionado por todos! Él había querido libertar a «su pueblo» de la vengonzosa sugestión de aquel payaso grotesco, levantarlo hasta sí, insuflarle con su látigo el ánimo viril que antaño los arrastrara en pos de él, empujados por esa voluptuosidad que produce el jugar con el peligro.

Por fin una piedra, lanzada por un brazo más certero y poderoso, fue a darle en la cabeza. La vista se le nubló, sintió que en torno suyo las cosas se lanzaban en una ronda vertiginosa y que bajo sus pies la tierra se le escapaba. Dio un grito y cayó de bruces sobre el basurero. Detúvose la chusma, asustada de lo que había hecho y comenzó a desbandarse.

Sucedió un silencio trágico. El payaso permaneció un rato clavado en el sitio, agitando maquinalmente el abanico. Bajo la risa pintada de albayalde en su rostro, el asombro adquiría una intensidad macabra. Desde el árbol fatídico los zamuros alargaban los cuellos hacia la víctima que estaba tendida en el basurero.

Luego el payaso emprendió la fuga.

Al pasar sobre el lomo de un collado, su sombrilla se destacó funambulesca contra el resplandor del ocaso.

niederzulassen, der sich gespenstisch über der ausgedörrten Landschaft erhob.

Immer dichter und wütender fiel der Steinhagel. Pedro Nolasco spürte, dass seine Kräfte ihn verließen. Seine Knie wurden weich, zweimal schlug er der Länge nach hin. Vor Schreck stockte sein Herz, und die Luft blieb ihm weg.

Schmerz erfüllte ihn wie alle Erlöser, die sehen müssen, dass ihre geliebten Geschöpfe sie verfolgen. Denn er fühlte sich als ihr Erlöser, unverstanden und von allen verraten! Er hatte «sein Volk» den beschämendem Einflüsterungen des grotesken Clowns entziehen, zu sich erheben wollen; er hatte ihm mit seiner Peitsche die mannhafte Gesinnung zurückgeben wollen, die es einst dazu gebracht hatte, ihm zu folgen, angetrieben von der Lust, die das Spiel mit der Gefahr bereitet.

Schließlich traf ein Stein, der von einem zielsichereren und kräftigeren Arm geschleudert worden war, ihn am Kopf. Die Welt verschwamm vor seinen Augen, alles um ihn herum begann sich in schwindelerregendem Tempo zu drehen, die Erde glitt unter seinen Füßen davon. Er schrie auf und stürzte kopfüber auf den Müll. Die Schar seiner Verfolger blieb stehen, erschrocken über das, was sie angerichtet hatte, und löste sich langsam auf.

Betretenes Schweigen trat ein. Der Clown stand eine Weile wie angewurzelt und bewegte mechanisch den Fächer auf und ab. Unter seinem aufgeschminkten Lächeln wirkte die Verwunderung nur umso makabrer. Die Geier auf dem unseligen Baum reckten die Hälse vor und besahen sich das auf dem Müll liegende Opfer.

Da ergriff der Clown die Flucht.

Kurz bevor er hinter einer Anhöhe verschwand, hob sich sein Sonnenschirm bizarr gegen das Licht der untergehenden Sonne ab.

Julio Garmendia
Eladia

– ¡Me pesa! ¡Me pesa! – rezaba Eladia, y se daba golpecitos en el pecho, en su delgado y liso pecho.

– Pero, Eladia – le decía la señora –, ¿tú no sabes rezar otra cosa?

No, Eladia no sabía; tal vez no sabía. No hablaba casi nunca; jamás explicaba nada; si se le preguntaba algo, había que hacer los mayores esfuerzos para obtener una contestación clara y precisa. Esto mismo, a veces resultaba imposible, pues mientras más se le preguntaba una cosa, más difícil se le hacía a Eladia contestar, y al fin, si la apremiaban mucho, le era ya totalmente imposible.

De lo hondo de la raza le venía este silencio, este secreto. Como su pelo, su alma de hilos innumerables estaba encogida y replegada sobre sí misma. Pero su instinto le había dicho que en aquellas dos breves palabras se encerraba todo cuanto la devoción o la humildad pueden expresar, y ella las repetía cada vez que se arrodillaba delante de una imagen, cualquiera que ésta fuera:

– ¡Me pesa! ¡Me pesa!

– Pero, Eladia, ¿qué te pesa tanto a ti? ¿Tú has hecho algo? – le preguntó la señora, con sospecha.

Por toda contestación, Eladia callaba, permanecía confusa como si la hubieran sorprendido cometiendo alguna falta, y luego se escurría en silencio, apenas veía que la señora se olvidaba de su pregunta o miraba a otro lado, como hacen los ratoncitos cuando les parece que el gato se ha distraído.

La cocinera (una gran despabilada a quien el

Julio Garmendia
Eladia

« Es tut mir so leid! Es tut mir so leid! », betete Eladia und schlug sich dabei an die Brust, an ihre schmale, flache Brust.

« Hör mal, Eladia », sagte die Señora, « kennst du kein anderes Gebet? »

Nein, Eladia kannte nur dieses; vielleicht nur dieses. Sie sprach so gut wie nie; nie gab sie irgendwelche Erklärungen ab; wenn man sie etwas fragte, gelang es nur mit größter Mühe, ihr eine klare, genaue Antwort zu entlocken. Und gerade das war manchmal unmöglich, denn ja drängender man Eladia nach etwas fragte, desto schwerer fiel es ihr, zu antworten, und wenn man ihr allzu sehr zusetzte, war es ihr zuletzt ganz und gar unmöglich.

Dieses Schweigen, dieses Geheimnis entstammte der tiefsten Tiefe der Wesensart ihres Volkes. Die unzähligen Fäden ihrer Seele waren nicht weniger fest zusammengerollt und in einander verschlungen als ihre Haare. Aber ihr Instinkt hatte ihr gesagt, dass in diesen wenigen kurzen Worten alles eingeschlossen war, was Hingabe oder Demut auszudrücken vermögen, und jedes Mal wenn sie vor dem Bild egal welches Heiligen niederkniete, wiederholte sie:

« Es tu mir so leid! Es tut mir so leid! »

« Aber Eladia, was tut dir so leid? Hast du etwas Unrechtes getan? », fragte die Señora misstrauisch.

Eladias einzige Antwort war ein verwirrtes Schweigen, als hätte man sie tatsächlich bei etwas Verbotenem ertappt, und sobald sie merkte, dass die Señora dabei war, ihre Frage zu vergessen, oder wegsah, huschte sie geräuschlos davon, wie die Mäuse, wenn sie meinen, die Katze beachte sie nicht mehr.

Die Köchin (eine aufgeweckte, muntere Person, der die

humo de las cacerolas le había alborotado el humo de las ideas y de las palabras) le dijo un día en el lavadero:

– La señora es rica, es blanca, y no le pesa nada de eso, y tú que eres negrita y que no tienes donde caerte muerta, ¿de qué es que tienes que arrepentirte?

Pero esto tampoco hacía mella en el arrepentimiento de Eladia.

– Mi mama me enseñó así – fue su respuesta.

Tenía unos veinte años, pero parecía tener mucho menos. Era delgada, y apenas si las formas femeninas se insinuaban tímidamente en su cuerpo. Era tosca y fea; su oscuro rostro no estaba animado de esa vida, esa risa, ese mirar que se dibujan con frecuencia en negros rostros. Había en ella cierto aire de reserva y de secreto que parecía acentuarse aún más, cuando, seria, reprimida, se daba golpes en el pecho, muy tieso y rígido el brazo, diciendo:

– ¡Me pesa! ¡Me pesa!

El prendedor de hojalata dorada que llevaba sobre el pecho (figurando una rama y dos palomas) no se cansaba de recibir estos golpecitos; había ya recibido un sinnúmero de ellos.

Fuera de que hacía bien su trabajo, de que era irreprochable en el servicio y en el aseo, nada más se sabía de ella; esto era todo lo que se sabía de Eladia en la casa donde servía.

Si le preguntaban su nombre, contestaba:

– Eladia Linares, una servidora.

– ¿Cómo?

– Eladia Linares, una servidora – repetía, invariablemente, en el mismo tono, como si recitara

Dämpfe aus den Töpfen zu Kopf gestiegen waren und so manchen eigenwilligen Gedanken ausgelöst hatten) sagte eines Tages im Waschraum zu Eladia:

«Die Señora ist reich und weiß, und nie tut ihr etwas leid, und du bist eine kleine Schwarze und arm wie eine Kirchenmaus – wieso solltest gerade du dir wegen irgendetwas Vorwürfe machen?»

Aber auch das machte Eladia keinen Eindruck, sie blieb unbeirrt bei ihrer Selbstanklage.

«Meine Mama hat es mir so beigebracht», war ihre Antwort.

Sie war ungefähr zwanzig Jahre alt, wirkte aber viel jünger. Schlank war sie, und die weiblichen Formen machten sich nur ganz schüchtern an ihrem Körper bemerkbar. Sie war ungeschlacht und hässlich; nie belebten ihre dunklen Züge sich mit der Freude, dem Lächeln, dem offenen Blick, die sich so oft auf den Gesichtern der Schwarzen abzeichnen. Sie hatte etwas Zurückhaltendes und Verschlossenes, das umso deutlicher hervorzutreten schien, wenn sie sich ernst und bekümmert mit steifem Arm krampfhaft gegen die Brust schlug und dazu sagte:

«Es tut mir so leid! Es tut mir so leid!»

Die Brosche aus Goldblech, die sie an der Brust trug, (ein Zweig und zwei Tauben waren darauf dargestellt), hielt geduldig all diese Schläge aus; sie hatte bereits eine Unzahl davon abbekommen.

Abgesehen davon, dass sie ihre Arbeit gut machte, alle Handreichungen und Putzarbeiten tadellos erledigte, wusste man nichts über sie; nur dies wusste man in dem Haus, in dem Eladia als Dienstmädchen angestellt war.

Wenn man sie nach ihrem Namen fragte, antwortete sie:

«Eladia Linares, zu Diensten.»

«Wie bitte?»

«Eladia Linares, zu Diensten», wiederholte sie unverändert,

una intocable fórmula sagrada. Esas cuatro palabras eran su nombre, su gracia, y siempre iban unidas, no saliendo nunca separadas de sus labios.

Una vez la señora creyó que Eladia estaba embarazada; la llamó y la sometió a interrogatorio. Fue algo muy difícil (casi tan difícil como un alumbramiento) para la pobre y callada Eladia. Hasta es de imaginarse que hubiera preferido esto último. Pero no, ¡de verdad, de verdad! no estaba ... Era sólo que había engordado un poco últimamente.

A primera vista, Eladia parecía aislada en la ciudad, sola en el mundo. Jamás recibía una carta, ni una visita, ni llamadas, ni recados; nadie venía a buscarla nunca. Pero un hilo misterioso, invisible, la unía firmemente a cierto punto – campo o caserío – perdido entre los cacaotales de la costa de Ocumare. Con ese mundo se mantenía en contacto a su manera; muy de tarde en tarde aparecía un hombre de sombrero de cogollo, que se apostaba tras el filo de la esquina como tras de un árbol o un peñasco. Era alguien de su mundo.

La vida de Eladia seguía transcurriendo de este modo: oculta y sin palabras. Salía apenas; a veces iba a la iglesia a oír misa; alguna vez pidió permiso para ir a ver a unos conocidos que estaban en la ranchería. En el cabello llevaba una peineta azul, y su dorado prendedor, fijo en el pecho, siempre el mismo. Su alma seguía madurando lentamente, en secreto, sin palabras.

Una vez se presentó Eladia con unos aros en las orejas; gruesos zarcillos de plata – o plateados – que nunca antes se le habían visto, y que desde aquel día no volvió a quitarse más.

im immer gleichen Tonfall, als spräche sie eine unantastbar heilige Formel aus. Diese vier Worte waren ihr Name, alles, was sie aufzubieten hatte, und sie erschienen immer Hand in Hand, nie kamen sie einzeln zwischen ihren Lippen hervor.

Einmal dachte die Señora, Eladia sei schwanger; sie rief sie zu sich und unterwarf sie einem Verhör: Das war schwer, sehr schwer für die arme schweigsame Eladia. (Fast so schwer, wie ein Kind zur Welt zu bringen. Dies wäre ihr vielleicht sogar lieber gewesen.) Aber nein, sie war nicht schwanger, wirklich nicht! ... Sie hatte nur in letzter Zeit ein wenig zugenommen.

Auf den ersten Blick schien Eladia völlig allein zu sein in der Stadt, ja auf der Welt. Nie bekam sie einen Brief, nie Besuch, nie einen Anruf, nie eine Nachricht; niemals fragte jemand nach ihr. Doch ein geheimnisvoller, unsichtbarer Faden verband sie fest mit einem bestimmten Punkt – auf dem Land, in einem kleinen Dorf –, der sich irgendwo zwischen Kakaopflanzungen an der Küste bei Ocumare befinden musste. Die Verbindung zu dieser Welt hielt sie auf ihre Art aufrecht: ganz ab und zu erschien am späten Nachmittag ein Mann mit Strohhut und bezog Stellung an der nächsten Hausecke wie hinter einem Baum oder einem Felsvorsprung. Das war jemand aus ihrer Welt.

Eladias Leben verlief imerzu auf diese Weise: verborgen und wortlos. Sie verließ fast nie das Haus; manchmal ging sie zur Messe; hin und wieder bat sie um Erlaubnis, ein paar Bekannte auf einem Gehöft zu besuchen. In ihrem Haar stak ein blaues Kämmchen, und an der Brust trug sie die immer gleiche goldene Brosche. Insgeheim, ohne Worte, reifte ihre Seele langsam heran ...

Eines Tages erschien Eladia mit einem Paar Ohrringen; schwere Silbergehänge – vielleicht auch bloß versilbert –, die man noch nie an ihr gesehen hatte, und die sie seit jenem Tag nie mehr abnahm.

Un cambio indefinible ha sobrevenido. Ha sobrevenido con el tiempo. La fealdad fue desapareciendo del rostro de Eladia … No; ni gracia, ni belleza; pero sí algo suyo, imponderable y leve, ha aparecido finalmente en su fisonomía (como una pobre flor que entreabre tardíamente), ha bañado sus rasgos en la luz de una nueva expresión, hecha de firmeza y suavidad, de aspereza y languidez, de prudencia y decisión. Eladia, la pequeña Eladia, la frágil, la menuda, delgada como una espiguita oscura que doblegaban los vientos de la vida, dispuesta a replegarse y retraerse al menor soplo contrario, era ahora, de repente, una mujer … Ahora se la presentía capaz de hacerle frente a cualquier contratiempo o tempestad. La débil planta había crecido, la brizna se había vuelto árbol, y podía dar ancha sombra y defensa a nuevas briznas a su pie.

Un día se dirigió derechamente hacia donde estaba sentada la señora, y sin que ésta le preguntara nada, le dijo de una vez:

– Mi mama me llamó; me voy de madrugada en el camión.

Al regreso, meses después, se presentó Eladia en la casa con una criatura en los brazos, y pidió permiso para tenerla consigo.

Sonreía como no había sonreído nunca; hablaba, relucía su mirada. Era feliz, casi hermosa. Era como si ella misma hubiera vuelto a nacer, y se cargara en sus brazos, y se cantara a sí misma. Acariciaba la cabeza de su nenita, la apretaba con fuerza contra su pecho, y le decía:

– ¡Tan chiquita y ya tiene sus chicharroncitos!

A veces le preguntaba:

– ¿Cómo te llamas tú, m'hija?

Eine unbestimmbare Veränderung ist eingetreten. Ist mit der Zeit eingetreten. Die Hässlichkeit ist allmählich aus Eladias Gesicht verschwunden … Nein, weder Anmut noch Schönheit; aber doch etwas Eigenes, Unwägbares und Leichtes ist zuletzt auf ihrem Gesicht erschienen (wie eine kümmerliche Blume, die sich erst spät ein wenig öffnet), hat ihre Züge in das Licht eines neuen Ausdrucks getaucht, zusammengesetzt aus Festigkeit und Sanftheit, Schroffheit und Nachgiebigkeit, Klugheit und Entschlossenheit. Eladia, die kleine Eladia, die zerbrechliche, winzige Eladia, dünn wie eine dunkle kleine Ähre, die sich unter den Winden des Lebens bog, bereit, sich beim leichtesten Hauch zusammenzuziehen, in sich zu verkriechen, war jetzt, auf einmal, eine Frau … Auf einmal ahnte man, dass sie imstande war, egal welchem Unglück oder Sturm die Stirn zu bieten. Die schwache Pflanze war gewachsen, der Schössling war ein Baum geworden, der neuen Schösslingen einen breiten Schatten und Schutz zu seinen Füßen bieten konnte.

Eines Tages trat sie unvermittelt an die sitzende Señora heran, und ohne dass diese sie noch etwas gefragt hätte, sagte sie kurz und knapp zu ihr:

«Meine Mama hat mich gerufen; morgen früh fahre ich mit dem Lastwagen zu ihr.»

Als Eladia Monate später zurückkehrte, hielt sie ein Kind in den Armen und bat darum, es bei sich behalten zu dürfen

Sie lächelte, wie sie nie zuvor gelächelt hatte; sie redete, ihre Augen glänzten. Sie war glücklich, fast schön. Als wäre sie selbst zum zweiten Mal geboren worden und trüge sich selbst auf den Armen und sänge sich selbst ein Lied vor. Sie streichelte den Kopf ihres Töchterchens, drückte sie fest an die Brust und sagte zu ihr:

«So klein und hat schon lauter Speckfältchen!»

Manchmal fragte sie sie:

«Wie heißt du, Töchterchen?»

Y se contestaba a sí misma, apretujándola aún más contra su cara:

Eladia Linares, una servidora, ¡diga!

A veces cogía con su fuerte mano de lavandera la manita apretada de la criatura, la hacía ir y venir sobre el pecho, al mismo tiempo que iba diciendo, con los ojos sonreídos fijos en los ojos de la niña:

– ¡Me pesa! ¡Me pesa ...! ¡Diga!

Und gab sich selbst die Antwort, und drückte sie noch fester an ihr Gesicht:

«*Eladia Linares, zu Diensten*, sag's!»

Manchmal ergriff sie mit ihrer kräftigen Waschfrauenhand das fest geschlossene Händchen des Kindes, ließ es wieder und wieder an ihre Brust klopfen und sagte dabei, die lächelnden Augen auf die des Töchterchens gerichtet:

«*Es tut mir so leid! Es tut mir so leid!* Sag's!»

José Félix Fuenmayor
¿Qué es la vida?

El mismo día en que se murió una hijita de Celedonio estiró las patas un ternero del doctor.

Celedonio pidió el día, enterró a su muertecita y no habló más de eso. Y el doctor, ahí le oímos las quejas, que el animal era muy gracioso, que se le había hecho amigo, que mejor se hubiera muerto la vaca. Hasta se resintió conmigo porque no le había dado el pésame.

– Tampoco se lo he dado a Celedonio, doctor – le dije. Vea, doctor, yo conocí a una gente de esas de ustedes, que por cualquier cosa ya estaban con qué castigo y Dios mío yo qué te he hecho. Nosotros no somos de penas palabreras, doctor, estamos enseñados a ser tristones cuando sufrimos, pero callados. No vaya a creer que no hemos sentido la muerte de la niñita de Celedonio. Sí, nos ha dolido; y la de su ternero también, doctor.

Estábamos parados en la vuelta del jagüey, porque todavía el doctor no le había cogido gusto a su silla mariapalito con botella.

– Me has avergonzado – dijo el doctor; debí pensar más en el pobre Celedonio. Lo de él es un gran dolor, lo mío es un disgusto y pequeño si lo comparo.

– No, doctor – dije – las dos desgracias: todo lo que a uno le sale mal es desgracia para uno, y no sirve comparar. Mídale, si quiere, el tamaño a la de usted y deje a Celedonio medir

José Félix Fuenmayor
Was ist das Leben?

Am gleichen Tag, an dem Celedonios Töchterchen starb, streckte auch das Kälbchen des Doktors alle Viere von sich.

Celedonio fragte nach dem Begräbnisdatum, begrub den kleinen Leichnam und redete nicht mehr davon. Vom Doktor hingegen hörten wir nichts als Klagen, das Tier sei so allerliebst gewesen, er habe sich ganz mit ihm angefreundet, es hätte ihm weniger ausgemacht, wenn die Kuh gestorben wäre. Er nahm es mir sogar übel, dass ich ihm nicht mein Beileid bekundet hatte.

«Celedonio gegenüber habe ich es auch nicht getan, Doktor», sagte ich, a sehen Sie, Doktor, ich lernte immer wieder Leute kennen wie Sie, die jammerten beim geringsten Anlass, mein Gott, was für eine Strafe, womit habe ich das verdient. Wir hingegen machen nicht viel Aufhebens von unserem Leid, Doktor, wir haben gelernt, traurig zu sein, wenn uns Schweres widerfährt, aber im Stillen. Glauben Sie nicht, der Tod von Celedonios Töchterchen sei uns nicht nahe gegangen. Doch, er hat uns weh getan; auch der Ihres Kälbchens, Doktor.«

Wir standen dort an der Ecke beim Teich, denn der Doktor hatte noch keinen Geschmack gefunden an seinem Schaukelstuhl und der Flasche.

«Du hast mich beschämt», sagte der Doktor, «ich hätte mehr an den armen Celedonio denken sollen. Sein Unglück ist ein tiefer Schmerz, meines nur eine kleine Widerwärtigkeit im Vergleich damit.»

«Nein, Doktor», sagte ich, «beides ist ein Unglück: Alles Schlimme, was uns widerfährt, ist ein Unglück, und Vergleiche taugen nichts. Messen Sie, wenn sie wollen, die Größe eines Unglück an Ihrem eigenen, und lassen Sie Celedonio

el de la suya si en eso se pone. Desgracias, doctor, por un tiempo o por un tiempecito. Después, nada; y vamos a lo mismo con otras. Así es la vida, doctor.

Ahí le vi la risita brincándole en el ojo. ¿De qué se habría agarrado el doctor, con qué me iría a salir?

– Conque así es la vida – dijo. La vida. ¿Sabes tú qué es la vida?

– Cómo no voy a saberlo, doctor – dije – si la tengo en el cuerpo y todos los días por todas partes estoy viéndola.

– Pero, ¿qué es?

– Doctor, las matas, los animales, las personas.

– No has contestado la pregunta – dijo. La vida está en lo vivo, claro; pero, ¿qué es?

– Doctor, la cañandonga hace cañandonga, la guacharaca hace guacharaca, la gente hace gente. No hay más, doctor; y hacer lo que hacen sin que puedan salirse de ahí es lo que yo veo que es la vida. Es una leccioncita, doctor, cada uno con la suya.

– ¿Pero quién hace la vida y le da la leccioncita?

– Esa es otra pregunta, doctor. Vea, le pongo por caso, mi mujer me hace unos pantalones. ¿Quién los hizo? Ella. ¿Quién le enseñó a hacer pantalones? Esa es otra pregunta. Y podría ser que nadie le hubiera enseñado y ella hubiera aprendido sola. ¿No será, doctor, que la vida con leccioncita y todo se hace ella misma?

El doctor se me puso más burloncito.

– Entonces – dijo – la vida no es más que cañandonga que hace cañandonga.

diese an seinem messen, wenn es denn darum gehen soll. Unglück ist beides für eine gewisse Zeit, für kürzere oder längere. Dann ist es vorbei; und gleich gehen wir auf das nächste zu. So ist das Leben, Doktor.»

Da sah ich ein Lächeln in seinen Augen aufblitzen. Wo hatte sich der Doktor wohl festgehakt? Worauf wollte er hinaus?

«So ist also das Leben», sagte er, «das Leben; weißt du denn, was das Leben ist?»

«Wie sollte ich das nicht wissen, Doktor», sagte ich, «wenn ich es doch im Leib habe und täglich überall sehe.»

«Aber was ist es denn?»

«Doktor, die Pflanzen, die Tiere, die Menschen.»

«Du hast die Frage nicht beantwortet», sagte er, «das Leben ist in allem Lebendigen, klar; aber was ist es?»

«Doktor, die Schotenpflanzen machen wieder Schotenpflanzen, die Hühnervögel wieder Hühnervögel, die Menschen wieder Menschen. Etwas anderes gibt es nicht; sie machen, was sie sind, etwas anderes können sie nicht, das ist, so wie ich es sehe, das Leben. Es ist eine Aufgabe, Doktor, jeder bekommt die seine.»

«Aber wer macht das Leben und erteilt die Aufgabe?»

«Das ist eine andere Frage, Doktor. Schauen Sie, ich gebe Ihnen ein Beispiel: meine Frau näht mir ein Paar Hosen. Wer hat sie gemacht? Meine Frau. Wer hat ihr beigebracht, Hosen zu nähen? Das ist eine andere Frage. Es könnte ja sein, dass es ihr niemand beigebracht hat, dass sie es ganz von sich aus gelernt hat. Wird es nicht so sein, Doktor, dass das Leben mit der Aufgabe und allem aus sich heraus entstanden ist?»

Der Doktor schien zu weiterem Schabernack aufgelegt.

«In diesem Fall», sagte er, «ist also das Leben nichts anderes, als dass Schotenpflanzen wieder Schotenpflanzen machen?»

– Y guacharaca y gente también, doctor.

– Mira – dijo en serio. Tú quieres decir, aunque no te des cuenta de ello, que la vida no es más que la rutina de un fenómeno común no trascendental. Y no creo que la cosa sea así. La leccioncita, pase. Pero en la vida – por lo menos en la vida humana – hay algo más, algo que llamamos espíritu.

– ¿Y todo el mundo tiene eso, doctor?

– No, no – dijo – La verdad es que abundan los estúpidos.

– Entonces, doctor – dije – el espíritu es una cosa que le entra o no le entra a la vida; una cosa aparte. No es vida, doctor; como la gusanera – perdone la mala comparación – que le cae a un caballo, pero no es caballo. Vea, doctor: Usted hace un juguete – un carrito, le pongo por caso. Usted lo hace. El carrito queda hecho y ya no tiene nada que ver con usted. Llego yo y le doy cuerda y el carrito echa a correr. Va corriendo el carrito y conmigo ya nada tiene que ver. Ahora, doctor, si al carrito hecho y andando se le meten unos cocuyos y lo alumbran por dentro, eso no es cosa de usted, ni mía, ni del carrito. Eso es otra cosa.

Ya estaba el doctor riéndose sin disimular. Todavía, entonces, yo no me había acostumbrado mucho a sus risas de tiraderita que despues hasta me complacían porque me gustaba verlo contento, pobre doctor, cuando ya no le importaba que un ternero fuera bonito.

– Doctor – dije – yo le contesto como es de mi obligación; pero mi ignorancia no me la puedo raspar.

– No te disgustes – dijo – yo no me río de ti sino de tu carrito.

«Und Hühnervögel und Menschen auch, Doktor.»

«Schau», sagte er nun im Ernst, «du meinst, auch wenn dir das nicht bewusst ist, das Leben sei das immer gleiche Weiterführen eines gewohnten Vorganges, ohne weiteren Sinn dahinter? Ich glaube nicht, dass dem so ist. Die Aufgabe, meinetwegen. Aber im Leben, mindestens im Menschenleben, gibt es etwas darüber hinaus, etwas was wir Geist nennen.»

«Und das haben alle Leute, Doktor?»

«Nein, nein», sagte er, «Tatsache ist, dass es von Dummköpfen nur so wimmelt.»

«Dann also, Doktor», sagte ich, «ist der Geist etwas, das zum Leben gehören kann oder auch nicht; etwas für sich. Er ist nicht Leben; wie eine madige Wunde – entschuldigen Sie den schlechten Vergleich –, die ein Pferd befällt, aber sie ist nicht das Pferd. Sehen Sie, Doktor, Sie machen ein Spielzeug – ein Wägelchen zum Beispiel. Sie stellen es her. Das Wägelchen ist fertig und hat nichts mehr mit Ihnen zu tun. Dann komme ich und ziehe die Feder auf, und das Wägelchen fährt davon. Das Wägelchen fährt weiter und hat auch nichts mehr mit mir zu tun. Nun, Doktor, wenn in das fertige fahrende Wägelchen Leuchtkäfer hineinfliegen und es von innen erhellen, so hat das mit Ihnen nichts zu tun, und mit mir nichts und mit dem Wägelchen nichts. Es ist etwas anderes.»

Nun lachte der Doktor ganz offen heraus. Damals war ich noch nicht an sein lang anhaltendes Gelächter gewöhnt. Später fand ich sogar Gefallen daran, denn ich sah ihn gern frohgestimmt, den armen Doktor, als es ihm schon nichts mehr bedeutete, ob sein Kälbchen schön gewesen sei.

«Doktor», sagte ich zu ihm, «ich antworte Ihnen, wie es meine Pflicht ist; aber meine Unwissenheit kann ich nicht abkratzen.»

«Nimm es mir nicht übel», sagte er, «ich lache nicht über dich, sondern über dein Wägelchen.»

– ¿Es mucho disparate, doctor?

– Qué sé yo – dijo –. La cuestión no es para que yo pueda asegurar nada; pero me parece divertida la simplicidad con que ves la vida, como si nada tuviera de enigmático; como si en ella sólo hubiera un misterio: el de los cocuyos que al carrito hecho y en marcha, se le meten y lo iluminan por dentro.

«Ist es ein gar großer Unsinn, Doktor?»

«Was weiß ich», sagte er, «es geht nicht darum, ob ich etwas verbürgen kann; aber ich finde es lustig, wie einfach du das Leben siehst, als ob nichts Rätselhaftes daran sei; als ob es nur ein einziges Geheimnis berge, nämlich die Leuchtkäferchen, die in das fertige fahrende Wägelchen hineinfliegen und es von innen erhellen.»

Hernando Téllez
Preludio

Primero fue un grito. Después miles de gritos. Después un tumulto. Después la revolución. A mí me entregaron un machete, grande y nuevecito. Brillaba la hoja contra la pálida luz, al voltearla.

– Oiga, usted, joven, aquí tiene el arma.

– Gracias.

Pesaba el machete. En la empuñadura de madera podían descansar con amplitud mis cinco dedos, colocados allí en la forma que ustedes saben: la forma del puño cerrado, pero con el trozo de madera entre la mano.

– ¿Y qué hago con el machete?

El grupo se alejaba. Y el hombre que me lo había dado ya iba calle arriba, a la cabeza de sus amigos.

– Señor, ¿qué hago con el machete?, pregunté desesperado.

Ni él ni los demás me oyeron. Todos gritaban, energúmenos, violentos. Mi grito se perdió así en el aire. La gente llevaba superpuesto sobre su rostro, el rostro de la revolución: ira y miedo, rojo y blanco. A mí me había cogido la revolución en plena calle, cuando estaba parado frente a la vitrina de una bizcochería, en la Gran Avenida. Un minuto antes yo me hallaba con las manos desnudas, en la actitud del desamparado, del que no tiene empleo, del que tiene un poco de hambre, imaginando la posibilidad de que algún día yo pudiera entrar a esa tienda y comerme, minuciosamente, uno después de otro, todos los bizcochos de la vitrina. Un minuto después la revolución me hacía el obsequio de un machete. ¿Para qué? Yo no sabía para qué.

Debía ser en el sur donde la revolución había brotado

Hernando Téllez
Vorspiel

Zuerst war ein Schrei. Dann Tausende von Schreien. Dann ein Tumult. Dann die Revolution. Mir drückte man eine Machete in die Hand, sie war groß und ganz neu. Wenn man das Blatt hin und her drehte, glänzte es im matten Licht.

«Hör mal, Junge, hier hast du eine Waffe.»

«Danke.»

Die Machete wog schwer. Auf dem Holzgriff konnten meine fünf Finger breit nebeneinander liegen, auf die Art und Weise, die ihr kennt: als geschlossene Faust um das Holzstück.

«Und was mache ich mit der Machete?»

Der Trupp entfernte sich. Der Mann, der sie mir gegeben hatte, ging vor seinen Freunden her die Straße hinauf.

«Señor, was soll ich mit der Machete tun?» fragte ich verzweifelt.

Weder er noch die anderen hörten mich. Alle schrien heftig, wie wahnsinnig. So ging mein Schrei im Lärm unter. Über ihr Gesicht hatten die Leute das Gesicht der Revolution gestülpt: Zorn und Angst, rot und weiß. Mich hatte die Revolution mitten auf der Straße erwischt, als ich auf der Gran Avenida vor dem Schaufenster einer Konditorei stand. Eine Minute zuvor hatte ich noch mit leeren Händen dagestanden, als einer, der schutzlos, ohne Arbeit, aber ganz schön hungrig ist, und ich hatte mir ausgemalt, wie herrlich es wäre, eines Tages in diesen Laden hinein zu gehen und in aller Gemächlichkeit einen nach dem anderen sämtliche Kuchen in der Auslage zu essen. Eine Minute später schenkte mir die Revolution eine Machete. Wofür? Ich wusste nicht, wofür.

Die Revolution musste wie eine riesige Flammenblume

como una gigantesca flor de llamas, pues en esa dirección y a pesar de la distancia, un resplandor rojizo alcanzaba a penetrar el plomo del cielo, dorándolo a trechos, como un cobre. Lejanas, imprecisas detonaciones de fusil, llegaban en el aire. Con el machete entre las manos me puse a pensar en la revolución. ¿Contra quién era la revolución? ¿En favor de quién?

– Dígame, señor, ¿qué ha ocurrido?

El viejecito me miró a las manos, y empalidecido, inició una cómica carrera. Pero seguían desfilando gentes y gentes. La calle era un río de agua que arrastraba, a su vez, un río humano.

– Señorita, le dije tomándola por el brazo, ¿quiere usted decirme qué ha pasado?

Se desprendió de mí en un gesto nervioso y me respondió con la voz temblorosa:

– No sé, no sé, no me detenga, por favor. Yo voy para mi casa.

– ¿Pero qué ha pasado?

La muchacha ya se había ido. El machete era, pues, un inconveniente. Con él en las manos yo debía parecer un revolucionario de verdad. Pero yo no era un revolucionario. Yo era un pobre diablo que andaba por ahí sin rumbo fijo, con diez centavos entre el bolsillo, y que se había parado frente a una vitrina. En el cristal busqué mi propia imagen: el machete caía paralelo al raído pantalón, del lado derecho. No resultaba del todo mal el conjunto. El machete me daba cierta prestancia. Pero ¿qué iba a hacer con el machete? La revolución no se equivoca, pensé, pues si están repartiendo machetes algo habrá que cortar, algo habrá que defender, y a alguien habrá que matar. Solté una carcajada y di media vuelta. Una lluvia inmisericorde empezaba a caer.

Pasó otro grupo de energúmenos y varios de ellos

irgendwo im Süden gekeimt sein, denn in dieser Richtung vermochte ein rötlicher Lichtschein trotz der Entfernung den bleiernen Himmel aufzubrechen und stellenweise kupfrig golden aufleuchten zu lassen. Aus der Ferne wurden dumpfe Gewehrschüsse wurden herübergetragen. Mit der Machete in den Händen sinnierte ich über die Revolution. Gegen wen richtete sie sich? Und für wen war sie?

«Sagen Sie mir, Señor, was ist geschehen?»

Der Alte sah mir auf die Hände, wurde blass und rannte lächerlich humpelnd los. Immer mehr Menschen strömten vorbei. Die Straße war ein Fluss, der seinerseits einen Menschenstrom mit sich riss.

«Señorita», sagte ich zu ihr und nahm sie am Arm, «bitte sagen Sie mir: Was ist geschehen?»

Nervös riss sie sich von mir los und antwortete mir mit zitternder Stimme:

«Ich weiß es nicht, ich weiß es nicht, bitte halten Sie mich nicht auf. Ich bin auf dem Heimweg.»

«Aber was ist geschehen?»

Die junge Frau war schon weg. Die Machete war also ein Hindernis. Mit der Waffe in den Händen musste ich aussehen wie ein echter Revolutionär. Aber ich war keiner. Ich war ein armer Teufel, schlenderte ohne feste Richtung mit zehn Centavos in der Tasche ziellos herum und war vor einem Schaufenster stehengeblieben. In der Scheibe suchte ich mein Spiegelbild: Die Machete hing auf der rechten Seite an der abgewetzten Hose herunter. Das ganze Bild sah gar nicht übel aus. Mit der Machete wirkte ich recht stattlich. Aber was sollte ich damit anfangen? Die Revolution täuscht sich nicht, dachte ich, wenn man Macheten verteilt, wird es schon etwas zu schneiden oder zu verteidigen geben, und irgend jemand wird getötet werden müssen. Ich lachte laut auf und drehte mich um. Es goss nun in Strömen.

Eine weitere wild brüllende Gruppe kam vorbei, und eini-

me miraron, primero, con hostilidad, con odio, pero al descubrir que de mi mano derecha pendía el arma, sonrieron siniestramente. Y uno, encarándose conmigo, rugió:

– ¡Viva la revolución!

Yo respondí automáticamente:

– ¡Que viva! y, sin saber cómo, me encontré blandiendo el arma poseído de insólita ira.

Pero siguieron. El aguacero arreciaba su ímpetu, y bajo el aguacero, las gentes seguían corriendo o gritando, enloquecidas, atemorizadas, iracundas unas, desafiantes otras, muchas huidizas, todas marcadas ya con el extraño sello de esa cosa grande y terrible que había nacido, súbitamente, en algún lugar de la ciudad.

Yo me guarecí en la puerta de la tienda y sólo entonces me di cuenta de que estaba cerrada. La hora no dejaba dudas: las dos y ocho minutos de la tarde. Pronto llegarían los dueños. ¿Pero llegarían? ¡Quién sabe! Salí del dintel. El agua me empapaba el vestido, chorreaba por el ala del sombrero, y sentía que su humedad llegaba, a través de las suelas de los zapatos, a las medias rotas y a los pies. Un camión, lleno de hombres, que portaban una bandera, pasó a grandes velocidades. Y el abanico de lodo que levantaron las ruedas me dio en pleno rostro. Por un instante quedé ciego. Tiré el machete al suelo mientras me limpiaba la cara y el vestido.

– ¡Recoja el machete, miserable!, ordenó a mi espalda una voz autoritaria.

– Recójalo o si no yo le enseño a obedecer, insistió la voz.

Lo recogí y me volví para ver quién me amenazaba. El rostro no decía gran cosa: cenizo, mofletudo,

ge daraus sahen mich erst feindselig und hasserfüllt an, doch als sie die Waffe an meiner rechten Hand hängen sahen, lächelten sie unheilvoll. Einer starrte mir ins Gesicht und brüllte:

«Es lebe die Revolution!»

Gedankenlos antwortete ich:

«Sie lebe hoch!» und ohne recht zu wissen wie, schwang ich die Waffe zornig hin und her.

Sie zogen weiter. Es regnete immer erbarmungsloser, im Wolkenbruch rannten die Leute wild durcheinander und schrien wie wahnsinnig, die einen blickten verängstigt, andere wutentbrannt oder gefährlich aggressiv, viele flohen entsetzt, allen schaute das bedrohliche Kennzeichen der Großen Sache aus den Augen, der schrecklichen Bewegung, die plötzlich irgendwo in der Stadt angerollt war.

Ich flüchtete in den Ladeneingang, und erst da merkte ich, dass die Tür geschlossen war. Die Uhrzeit zerstreute jeden Zweifel: Es war nachmittags acht nach zwei; jeden Augenblick konnten die Besitzer auftauchen. Würden sie wirklich kommen? Wer weiß! Ich trat wieder auf die Straße. Der Regen durchnässte meine Kleider, lief die Hutkrempe herunter, und ich fühlte, wie durch die Schuhsohlen die löcherigen Socken und die Füße feucht wurden. Ein Lastwagen voller Männer mit einer Fahne fuhr schnell vorbei. Ein Schwall Dreckwasser spritzte mir von den Rädern mitten ins Gesicht. Einen Augenblick lang war ich wie blind. Ich warf die Machete auf den Boden, um Gesicht und Kleider abzuwischen.

«Heb die Machete auf, Elender!» befahl eine herrische Stimme hinter meinem Rücken.

«Heb sie auf, sonst zeige ich dir, wie man gehorcht» die Stimme war gebieterisch.

Ich hob sie auf und drehte mich, um zu sehen, wer mir da drohte. Ich blickte in ein aschgraues, pausbäckiges Gesicht;

los ojos con los párpados enrojecidos, los labios abultados. Un hombre como tantos. Como tantos que pasaban y pasaban y corrían y amenazaban y gritaban. Un producto de la serie, creada instantáneamente por la revolución.

Se quedó mirándome. En la mano él también tenía un machete. El agua le caía sobre los hombros, le mojaba, como a mí, toda la ropa.

– ¡Viva la revolución!, gritó con el machete en alto.

Yo respondí:

– ¡Viva!

Sin decirme nada, tornó a gritar:

– ¡Abajo los asesinos!

Yo respondí:

– ¡Abajo!

El hombre quedó satisfecho. Me echó una última mirada en la cual se transparentaba el deseo de adivinar mis intenciones. Luego se echó a andar sobre el lodo que se desleía en la acera.

Regresé a la vitrina. Detrás de los grandes vidrios estaban, intactos, los bizcochos. Y otra vez me asaltó la idea de que alguna vez tendría que saciarme hasta el hartazgo. «Es hambre», me dije. «Claro que es hambre», me respondí. Levanté entonces el machete para romper el vidrio. Un intenso griterío llenó el ámbito y vi cómo las gentes corrían en busca de refugio. Bajé la mano sin golpear el vidrio y apenas tuve tiempo de arrojarme al suelo, de pegarme al lodo y al agua, mientras pasaba, como una exhalación, otro camión, desde el cual graneaban los disparos.

Cuando me incorporé, con el machete goteando agua, alguien había ocupado mi puesto frente a la vitrina. Era otro hombre cualquiera de la misma serie que estaba emitiendo para la calle, desde hacía una

mit den geröteten Augenlidern und aufgeworfenen Lippen war es wenig aussagekräftig: ein Mann wie viele andere. Wie die vielen, die pausenlos herandrängten, vorbeiliefen, drohten und schrien. Ein Serienprodukt, das die Revolution soeben gefertigt hatte.

Er blieb stehen und sah mich an. Auch er hatte eine Machete in der Hand. Das Wasser tropfte ihm auf die Schultern, durchnässte ihm, wie mir, die Kleider.

«Es lebe die Revolution», schrie er und hob die Machete.

Ich antwortete:

«Sie lebe hoch!»

Ohne darauf einzugehen, schrie er:

«Nieder mit den Mördern!»

Ich erwiderte:

«Nieder!»

Der Mann war zufrieden. Er warf mir einen letzten Blick zu, als wollte er meine Absichten erraten. Dann marschierte er durch die Schmutzlachen auf dem Bürgersteig los.

Ich kehrte zum Schaufenster zurück. Hinter den großen Scheiben lagen die Kuchen unangetastet. Wieder bestürmte mich der Wunsch, mich wenigstens einmal ganz vollessen zu dürfen. «Es ist der Hunger», sagte ich mir. «Natürlich ist das Hunger», antwortete ich mir. Dann hob ich die Machete, um die Glasscheibe einzuschlagen. Durchdringendes Geschrei schreckte mich auf, und ich sah die Leute schutzsuchend umherrennen. Ich ließ die Hand sinken, ohne die Scheibe eingeschlagen zu haben, und kaum hatte ich mich zu Boden geworfen, mich in das Schmutzwasser gedrückt, da prasselte schon ein Schusshagel von einem vorbeibrausenden Lastwagen herunter.

Als ich wieder aufstand, tropfte das Wasser von der Machete, und jemand anderes hatte meinen Platz vor dem Schaufenster eingenommen. Es war wieder ein Mann der gleichen Serie, die die Revolution seit einer Stunde auf die

hora, la revolución. No llevaba consigo ninguna arma. Un rostro gris, inexpresivo. Un vestido insignificante. Una mueca común sobre los labios. Un sombrero destilando agua. Unos zapatos enlodados. Quedamos el uno cerca del otro, de espaldas a la calle, mirando el interior de la vitrina.

– Podemos romperla, propuso con absoluta frialdad. Présteme el machete.

Me sentí iracundo. ¿Por qué diablos debía compartir con ese hombre una acción que a mí solo me correspondía?

– La revolución no es para robar, le dije saboreando interiormente el placer de la hipocresía.

– Si usted no rompe el vidrio, yo sí lo rompo, dijo sombríamente.

Nuevos disparos en la lejanía. El desconocido y yo seguimos el uno al lado del otro, pero como enemigos. La lluvia no cesaba. El distante resplandor de los incendios hacía clarear, por instantes, la hosquedad del cielo. Una sorda indignación me ganaba el ánimo.

El hombre me parecía odioso, repugnante como un usurpador. Al fin y al cabo, la revolución me había encontrado allí y allí me había dejado. Esa vitrina era mi territorio. Cuanto hubiera adentro a mí me pertenecía.

El hombre seguía mirándome en silencio, con ojos burlones.

– ¿Y con qué va a romperlo?, le dije en tono desafiante.

– Con las manos.

– Si usted toca ese vidrio lo mato, dije llevado de un impulso extraño, de una fuerza secreta que parecía estar en mi interior, pero que yo comprendía que estaba también en la calle, en la atmósfera. Y levanté la mano

Straße spuckte. Er war unbewaffnet, hatte ein graues, ausdrucksloses Gesicht, trug unauffällige Kleidung. Seine Lippen waren zu einer Art Grimasse verzogen, der Hut tropfte, die Schuhe waren verschmutzt. Wir standen nebeneinander mit dem Rücken zur Straße und sahen durch das Schaufenster.

«Wir können es einschlagen», schlug er eiskalt vor. «Leihen Sie mir die Machete.»

Ich war wütend. Warum zum Teufel sollte ich mit diesem Mann eine Tat teilen, die mir doch ganz alleine zustand?

«Die Revolution ist nicht zum Stehlen da», sagte ich und genoss innerlich meine Heuchelei.

«Wenn Sie die Scheibe nicht einschlagen, tu's ich», sagte er finster.

Wieder hallten Schüsse aus der Ferne. Der Unbekannte und ich blieben nebeneinander stehen, aber als Feinde. Der Regen hörte nicht auf. Ferner Feuerschein zuckte immer wieder am düsteren Himmel empor. Blinde Empörung überkam mich.

Der Mann kam mir hassenswert und widerlich vor wie ein Thronräuber. Schließlich hatte die Revolution mich dort vorgefunden und wieder dort stehenlassen. Dieses Schaufenster war mein Revier. Was dahinter lag, gehörte mir allein.

Der Mann blickte mich weiter schweigend, aber höhnisch an.

«Womit wollen Sie sie denn einschlagen?» fragte ich ihn herausfordernd.

«Mit den Händen.»

«Wenn Sie diese Scheibe anfassen, bringe ich Sie um», sagte ich in einer seltsamen Aufwallung; eine geheime innere Kraft schien mich zu treiben, ich wusste aber auch, dass sie auf der Straße und in der Luft lag. Drohend hob

con el machete en señal de amenaza. El desconocido no se inmutó. Vi cómo cerraba el puño y lo descargaba sobre el vidrio que saltó en pedazos, y cómo abría luego la mano ensangrentada para apoderarse de los bizcochos. Pero la mano se detuvo a medio camino y el cuerpo tambaleó hacia un lado antes de desplomarse sobre la acera, con un ruido de chapoteo. En la nuca había caído el tajo certero, y a mí me pareció que al descargarlo, una cosa dura y sonora se rompía bajo mis manos, exactamente como ocurre al partir un delgado trozo de leña contra la rodilla.

El lodo y el agua se tiñeron fugitivamente de sangre. La vitrina estaba, por fin, abierta. Pero una sensación de náusea me había quitado el hambre y con el hambre el deseo de saciarme, hasta el hartazgo.

ich die Hand mit der Machete. Der Unbekannte regte sich nicht. Ich sah, wie er die Faust schloss und die Scheibe in Stücke schlug und wie er dann die blutende Hand öffnete, um sich der Kuchen zu bemächtigen. Doch die Hand kam nur bis zur Hälfte des Weges, der Körper taumelte zur Seite und plumpste mit klatschendem Geräusch auf den Bürgersteig. Der zielsichere Schlag war auf seinen Nacken niedergefahren, und mir schien es, ein harter Gegenstand sei klingend unter meinen Händen zerbrochen, genau wie ein dünnes Holzscheit über dem Knie entzweibricht.

Der Schmutz und das Regenwasser färbten sich kurze Zeit mit Blut. Das Schaufenster war endlich offen. Aber ein Ekelgefühl hatte mir den Hunger geraubt und mit dem Hunger auch den Wunsch, mich einmal ganz vollzuessen.

José de la Cuadra: Guásinton. Historia de un lagarto montuvio

Yo he encontrado a los lagarteros, esto es, a los cazadores de lagartos, en los sitios más diversos e inesperados, a extremo de resultar extraordinarios, de no considerarse la condición trashumante de esos hombres y sus hábitos andariegos, que los llevan a vagar muy lejos de los ríos y de las ciénagas propicios, quizá movidos por un inconsciente anhelo de olvidar los peligros tremendos aparejados a su oficio. Me topé con ellos cierta vez, cuando hacía a caballo el crucero de Garaycoa o Yaguachi. Estaban dos entonces. El uno, machucho ya, de cuerpo delgado, era cojo; alguna ocasión, entre las fauces de los saurios, en quién sabe qué poza distante, se le quedaría perdida para siempre, la pierna derecha, seccionada sobre la articulación de la rodilla. Cojeaba el infeliz de un modo lamentable, apoyándose en una muleta de palo amarillo, burda y desproporcionada, que le alzaba el hombro y le obligaba a torcer el tronco hacia la izquierda. Formaba, por ello, una figura curiosa, mantenida en oblicua aguda sobre el suelo, y que, contra todo sentimiento de humanidad, incitaba un poco a la sonrisa. No crucé más palabras con él que las rigurosas del saludo; pero, por mi peón, que lo conocía, supe que, a pesar de sus años cansados, se dedicaba aún a su faena de alto riesgo y que gozaba reputación de arponeador habilísimo.

El otro cazador, mucho más joven que el primero, parecía su hijo o su sobrino. Tenía con el baldado ese inconfundible aire de familia. Era mozo fuerte, de tórax ancho y recia complexión. No obstante, bajo su

José de la Cuadra: Guásinton. Eine Krokodilgeschichte aus dem Montuvio

Ich traf die Krokodiljäger an den verschiedensten und unwahrscheinlichsten Orten, was bisweilen sogar verwunderlich ist, auch wenn man berücksichtigt, dass diese Menschen ja im Grunde wanderfreudige Nomaden sind. Diese Gewohnheit führt sie manchmal weit weg von den eigentlich lohnenden Flüssen und Sümpfen, vielleicht aus dem unbewussten Wunsch heraus, die großen Gefahren ihres Berufes zu vergessen. Ich bin seinerzeit auf sie gestoßen, als ich zu Pferd das Gebiet von Garaycoa oder Yaguachi durchquerte. Es waren ihrer zwei: Der eine, hager und nicht mehr ganz jung, hatte nur noch ein Bein; irgendwann muss an einem entlegenen Wasserloch das rechte Bein – es war über dem Kniegelenk abgetrennt – für immer im Schlund einer Echse geblieben sein. Der Unglückliche hinkte ganz jämmerlich; er stützte sich beim Gehen auf eine viel zu große, grob geschnitzte Krücke aus Fustikholz, die ihm die Schulter hochschob und ihn zwang, den Körper nach links zu neigen. Wahrlich eine seltsame Gestalt, die sich schräg über dem Boden hielt und, bei allem Mitgefühl, ein leises Lächeln herausforderte. Ich wechselte kaum mehr als einen Gruß mit ihm, doch von meinem Gehilfen, der ihn kannte, erfuhr ich, dass er trotz seinem Alter immer noch seiner gefährlichen Arbeit nachging und einen ausgezeichneten Ruf als außerordentlich geschickter Harpunenwerfer genoss.

Der andere Jäger war viel jünger; er schien der Sohn oder Neffe des ersten zu sein: eine gewisse Familienähnlichkeit bestand zwischen ihnen. Er war ein starker Junge, mit breitem Brustkasten und kräftigem Körperbau. Trotz-

piel cobriza se delataba el palor de la malaria o de la anquilostomiasis. Pero, no mostraba huella visible de su trato con la fiera verde. Su cuerpo se conservaba intacto. Hasta entonces, por lo menos, los saurios lo habían respetado.

Cuando los cazadores pasaron camino adelante, pregunté a mi compañero de viaje:

– ¿Cómo se llama el viejo?

– Celestino Rosado – me respondió –; ¿no ha oído hablar de él?

– Pues ... Celestino Rosado ... Me creo que es de los lados de Balzar o del Congo.

El peón pernero contó cuanto sabía del cazador, que no era mucho.

Concluyó:

– Este fue uno de los que mató a Guásinton.

– ¿A Guásinton? ¿Y quién era Guásinton?

– Guásinton era, pues, Guásinton ... un lagarto asisote ...

La mano del peón pernero se extendió en un gesto amplio que abarcaba metros de senda:

– ¡Grandísimo!

Por desgracia, en ese instante se recortó contra el horizonte la cruz de la iglesia de Yaguachi, bajo cuyos ámbitos opera San Jacinto sus milagros famosos.

Mi guía la señaló con el dedo:

– Ya mismo llegamos – dijo.

Y no sé cómo se enredó en una complicada disertación acerca de por qué la cosecha de arroz había sido tan buena y por qué, empero, el precio del grano estaba tan elevado en Guayaquil.

– ¡Cosas de las fábricas, pues! No hay más vaina ...

Las «fábricas» eran las piladoras, los molinos.

dem ahnte man unter seiner kupferfarbenen Haut die Blässe der Malaria oder der Hakenwurmkrankheit. Dagegen wies er keine Spuren seines Umganges mit dem grünen Untier auf, sein Körper war unversehrt. Zumindest bis zu diesem Tag hatten ihn die Echsen verschont.

Als die Jäger an uns vorbeigingen, fragte ich meinen Reisegefährten:

«Wie heißt der Alte?»

«Celestino Rosado», erwiderte er, «haben Sie noch nie von ihm gehört?»

«Ach … Celestino Rosado … Ich glaube, er kommt aus der Gegend von Balzar oder aus Congo.»

Der Gehilfe erzählte, was er von dem Jäger wusste, und das war nicht viel.

Zum Schluss sagte er:

«Er war einer von denen, die Guásinton töteten».

«Guásinton? Und wer war Guásinton?»

«Guásinton, na ja, Guásinton war ein sooo großes Krokodil».

Die Hand des Gehilfen holte weit aus und deutete auf mehrere Meter Weg hin.

«Riesengroß!»

Leider tauchte in diesem Augenblick am Horizont das Kreuz der Kirche von Yaguachi auf, in deren Bereich der Heilige Jacinto seine berühmten Wunder vollbringt.

Mein Führer deutete mit dem Finger zur Kirche hin:

«Gleich sind wir da», sagte er.

Ich weiß nicht, wie es kam, aber nun drehte sich die Unterhaltung um eine ausführliche Erörterung der Gründe, weshalb der Reis in Guayaquil, trotz der guten Ernte, so teuer war.

«Das liegt an den Fabriken! Es gibt keine größeren Betrüger …»

Die «Fabriken», das waren die Reismühlen.

Y esa fue la primera vez en mi vida que oí hablar de Guásinton.

No sabía bien, todavía, quién eras tú, Guásinton, lagarto cebado ...

No sospechaba que tus diez varas de fiera sobre el agua, obsederían algún sueño mío, en las noches caliginosas, cuando me tendía a dormir en la popa de las canoas de montaña, navegando por los ríos montuvios.

Y también desconocía que tenías la mano derecha mutilada, que te faltaba la más poderosa de tus garras ... ¡Guásinton, ilustre baldado!

Recuerdo que otra vez me encontré con los cazadores de lagartos en Samborondón.

Fue por la noche. Al día siguiente se celebraría la fiesta grande del pueblo, la fiesta de su patrona Santa Ana, y todo el vecindario se había echado a las calles.

Samborondón ofrecía un aspecto fantástico, iluminado por farolillos chinos y sacudido de cohetes voladores.

Estábamos bebiendo en la cantina de Victoriano Acosta, que queda, o quedaba, en una esquina de la plaza. Yo ocupaba una mesa próxima al mostrador, con otros agentes viajeros. Entonces, en Samborondón el dinero corría a chorros; y, para la época de la fiesta vendíamos abundantemente nuestra mercadería de pacotilla. En esa ocasión yo conduje un cargamento enorme de zaraza, que había realizado por completo con un fuerte margen de utilidades. Esto me tenía satisfecho y con ganas de divertirme.

Había hecho una gran tarde de gallos; y como entre pelea y pelea, trasegaba vasos de aguardiente de caña, a la noche debía estar un poco borracho. No recuerdo bien este detalle.

So also hatte ich zum ersten Mal in meinem Leben von Guásinton gehört.

Noch wusste ich nicht, wer du warst, Guásinton, du blutdürstiges Krokodil …

Noch ahnte ich nicht, als ich in den heißen Nächten im Boot auf den Flüssen im Montuvio fuhr und mich im Heck zum Schlafen niederlegte, dass du, Untier mit deinen zehn Ellen Länge an der Wasseroberfläche, sogar in meinen Träumen herumspuken würdest.

Ich wusste auch noch nicht, dass deine rechte Vorderpranke verstümmelt war, dass dir die mächtigste deiner Krallen fehlte … Guásinton, du berühmter Krüppel!

Ich erinnere mich, dass ich ein anderes Mal die Krokodiljäger in Samborondón traf.

Es war abends. Am nächsten Tag wurde das wichtigste Fest des Dorfes gefeiert, das Fest seiner Schutzpatronin, der heiligen Anna, und die gesamte Bevölkerung war auf der Straße.

Samborondón, von chinesischen Lampions hell erleuchtet und von Feuerwerk erschüttert, bot einen feenhaften Anblick.

Wir saßen bei einem Gläschen in der Schenke von Victoriano Acosta, die an der Ecke der Plaza steht, oder stand. Zusammen mit anderen Handelsreisenden hatte ich einen Tisch in der Nähe der Theke. Damals floss das Geld in Strömen in Samborondón, und zur Festzeit verkauften wir unsere Ramschware in rauhen Mengen. Ich hatte gerade eine Riesenladung Kattun gebracht, die ich mit erheblichem Gewinn losgeworden war. Ich war also zufrieden und hatte Lust, mich zu vergnügen.

Einen großartigen Nachmittag verbrachte ich bei den Hahnenkämpfen, und weil ich zwischen den einzelnen Kämpfen ganz schön dem Zuckerrohrschnaps zugesprochen hatte, muss ich abends wohl etwas betrunken gewesen sein. Genau kann ich mich nicht mehr erinnern.

Mi vecino de mesa, el viajero de la Compañía de Cervezas, me dijo:

– ¿Qué te parece, Concha, si contratamos unos músicos para que toquen?

(Porque yo me llamo Valerio Concha y, como ya lo he insinuado, ejerzo por los campos la próspera y honesta profesión de agente viajero).

Acepté la invitación de mi colega; y así, tras de vencer mil dificultades, pues los músicos andaban escasos en el pueblo enfiestado, perinchido de turistas citadinos, que los traían de aquí para allá dando serenatas, conseguimos una orquesta reducida a su mínima expresión, es decir, a una guitarra y un tiple.

Con nuestra orquesta improvisada, el viajero de la Compañía de Cervezas, yo y otros agentes que se nos juntaron, fuimos a la casa de la viuda Vargas, quien, además de ser una de las firmas comerciales más sólidas del pueblo, tenía un muestrario de hijas guapas y amigas del jaleo.

El baile que armamos fue alegre y encendido; pero yo no intervine mayormente en él. Me sentía cansado, y esto hizo que buscara un rincón apacible, en el comedor, al lado de la botellería. Ahí se reunieron cuantos odiaban el bullicio intrascendente y amaban el alcohol, entre ellos, don Macario Arriaga, gamonal montuvio, personaje de edad y de letras y, según me enteré muy luego, otro de los que mató a Guásinton.

Sí; ya lo sabía yo de tiempos: Guásinton era un gigantesco lagarto cebado, cuyo centro de fechorías era el Babahoyo, desde los bajos de Samborondón hasta las revesas del puertecillo Alfaro, al frente mismo de Guayaquil. Sabía también, hacía poco,

Mein Tischnachbar, der Reisende der Bierbrauerei, sagte zu mir:

«Was meinst du, Concha, sollen wir ein paar Musiker anheuern, damit sie aufspielen?»

(Denn ich heiße Valerio Concha und übe, wie ich bereits erwähnte, in ländlichen Gegenden den einträglichen und ehrenwerten Beruf eines Handelsreisenden aus.)

Ich griff die Anregung meines Kollegen auf, und nach Bewältigung von tausend Schwierigkeiten – es mangelte an Musikern in dem festlich geschmückten Dorf voller Besucher aus der Stadt, für die sie mal hier mal dort aufspielen mussten – gabelten wir eine kleine Kapelle auf, die allerdings diese Bezeichnung kaum verdiente: Sie bestand aus einer gewöhnlichen Gitarre und einer mit zwölf Seiten.

Mit dieser behelfsmäßigen Kapelle gingen wir – der Reisende der Brauerei, ich und andere Handelsreisende, die sich uns zugesellt hatten, – zur Witwe Vargas, deren Gastwirtschaft nicht nur als eins der solidesten Häuser des Dorfes galt, sondern auch ein paar bildhübsche und unternehmungslustige Mädchen aufweisen konnte.

Fröhlich und ausgelassen war der Tanzabend, den wir dort veranstalteten, doch ich nahm nicht so richtig daran teil. Ich war müde, deshalb suchte ich mir ein ruhiges Eckchen in der Gaststube, gleich neben den Getränken. Dort trafen sich alle, die am lauten Treiben keinen Gefallen hatten, dafür am Alkohol um so mehr. Unter ihnen befand sich Don Macario Arriaga, ein Großgrundbesitzer aus dem Montuvio, ein älterer, gebildeter Mann, auch er – wie ich viel später erfuhr – einer von denen, die Guásinton erlegt hatten.

Ja, das wusste ich schon seit langem: Guásinton war ein riesiges, blutdürstiges Krokodil, das seine Missetaten vornehmlich im Babahoyo verübte, bei den seichten Stellen in Samborondón beginnend, bis hin zu den Rückströmungen im kleinen Hafen von Alfaro, genau gegenüber von Guaya-

que como uno de esos legendarios piratas que, en los abordajes, perdían las manos bajo el hacha de los defensores, era bizarramente manco. Pero, ignoraba que se había quedado así en un lance heroico, y que su garra perdida era por ello como un blasón hazañoso.

Don Macario Arriaga me refirió la arriscada proeza de Guásinton, donde quedó manco:

– Estaba en celo Guásinton, y venía río abajo, con la hembra, sobre una palizada. Un vapor de ruedas (creo que fue el «Sangay»; sí, fue el «Sangay») chocó con la palizada. Guásinton se enfureció: figúrese, lo habían interrumpido en sus coloquios; se enfureció y partió contra el barco. Claro: una de las ruedas lo arrastró en su remolino, y no sé cómo no lo destrozó; pero, la punta de un aspa le cortó la mano derecha. Chorreando sangre, Guásinton se revolvió y quiso atacar de nuevo; pero el piloto desvió hábilmente el «Sangay» sobre su banda, y lo evitó. Quienes presenciaron la escena, dicen que fue algo extrañamente emocionante. Nadie en el barco se atrevió a disparar sobre Guásinton sus armas, y fíjese que pudieron haberlo matado ahí, sin esfuerzo, a dos metros de él; pero, la bravura del animal los paralizó, porque nada hay que conmueva tanto, señor, como el arrojo. Dejaron no más escapar a Guásinton, quien fue a juntarse con su hembra en la palizada.

Se aproximaron a nosotros dos individuos que yo no había visto antes. Eran invitados, como don Macario mismo, de la viuda Vargas.

Don Macario me los presentó:

– Jerónimo Pita ... Sebastián Vizuete ... El señor ... Y vea, señor, la casualidad: éstos también

quil. Seit kurzem erst aber wusste ich auch, dass – wie bei jenen legendären Piraten, die beim Entern eines Schiffes eine Hand unter dem Beil der Verteidiger einbüßten – auch diesem Tier seltsamerweise eine Pranke fehlte. Ich wusste hingegen nicht, dass dies in einem heldenhaften Kampf geschehen war und dass deshalb der Verlust der Pranke eine ruhmreiche Auszeichnung bedeutete.

Don Macario Arriaga erzählte mir die gewagte Heldentat von Guásinton, bei der er verstümmelt wurde:

«Es war zur Paarungszeit; Guásinton trieb mit dem Weibchen auf einer schwimmenden Insel flussabwärts. Ein Raddampfer (ich glaube, es war die ‹Sangay›, ja, es war die ‹Sangay›) fuhr dagegen. Guásinton wurde wütend. Stellen Sie sich vor: Man hatte ihn beim Liebesspiel gestört! Rasend vor Wut griff er den Dampfer an, doch er wurde in den Strudel eines der Schaufelräder gerissen. Unerklärlich, dass er dabei nicht umkam, aber die Kante einer Schaufel schnitt ihm die rechte Vorderpranke ab. Blutend drehte sich Guásinton um und wollte von neuem angreifen, doch der Steuermann wendete geschickt das ‹Sangay› und konnte ausweichen. Die Augenzeugen dieser Szene sagen, dass es ein furchtbar aufregendes Schauspiel war. Niemand auf dem Dampfer wagte, auf Guásinton zu schießen; man hätte ihn ja – aus zwei Meter Entfernung- mit Leichtigkeit töten können, aber der Mut des Tieres hielt sie alle im Banne, denn nichts beeindruckt mehr als Tapferkeit. Sie ließen also Guásinton entkommen, der sich wieder zu seinem Weibchen gesellte.»

Dann näherten sich zwei Leute, die ich noch nicht gesehen hatte. Auch sie waren, wie Don Macario, Gäste der Witwe Vargas.

Don Macario stellte vor:

«Jerónimo Pita … Sebastián Vizuete … Herr … Schauen Sie, Señor, welch ein Zufall, auch diese beiden hier waren

estuvieron en la cacería de Guásinton, cuando lo acabamos ... Con Celestino Rosado, con Manuelón Torres, con ... Eramos catorce, ¿sabe?, la partida. Y anduvimos con suerte: sólo hubo un muerto y un herido. Nada más. Anduvimos con suerte, de veras.

Pita y Vizuete eran cazadores profesionales de lagartos. Amaban su oficio como un culto cruento y salvaje, pero próvido con sus fieles.

Para ellos, la verde fiera de los ríos, el lagarto de las calientes aguas tropicales, no era una vulgar pieza de caza, sino un enemigo, a pesar de su fama de torpe, en realidad astuto y, además, valiente. La cacería del saurio era para ellos como la lidia del bicho para el torero: un arte que juzgaban noble y digno, y que, a mayor abundamiento, les daba para comer.

Pita y Vizuete, corroborados en ocasiones por don Macario, relataron esa noche hazañas sueltas de aquel héroe fluvial, a quien alguno, se ignora cuándo y por qué, bautizó con el nombre amontuviado del general norteamericano. (No sería, por supuesto, por lo desdentado; ya que el monstruo montuvio poseía una dentadura formidable).

Podría llenarse un denso volumen con los hechos singulares de Guásinton, y abrigo la esperanza de que se escribirá ese volumen. Nada tendría de raro, hoy sobre todo que se ha dado en la flor de escribir biografías de todo quisque, y hasta biografías de los ríos. Por lo demás, Guásinton se lo merece.

Era un espíritu original el que alentaba en este gigante verde oscuro, acorazado como un barco de batalla o como un caballero medioeval, y que medía diez varas de punta de trompa a punta de cola.

Se decía que era generoso como un buen dios. Entre un caballo que pastara a la orilla y una mujer

bei der Jagd auf Guásinton dabei, als wir ihn erlegten … Mit Celestino Rosado, mit Manuelón Torres, mit … Wir waren vierzehn, wissen Sie, und wir haben Glück gehabt: Es gab nur einen Toten und einen Verletzten. Mehr nicht. Wir haben wirklich Glück gehabt.»

Pita und Vizuete waren Berufsjäger. Sie liebten ihr Gewerbe, in dem sie einen grausamen, wilden Kult sahen, der seine getreuen Anhänger jedoch reichlich entschädigte.

Für sie war das grüne Untier der Flüsse, das Krokodil der warmen Tropengewässer, keine gewöhnliche Jagdbeute, sondern ein Feind, der, zwar als Tolpatsch verschrieen, in Wirklichkeit aber schlau und mutig ist. Sie betrachteten die Jagd auf die Echse ähnlich wie ein Torero den Stierkampf sieht: wie eine Kunst, die in ihren Augen edel und würdig war und die, bei reichlicher Beute, sie auch ernährte.

Pita und Vizuete erzählten an jenem Abend – zuweilen mit Unterstützung von Don Macario – verschiedene Heldentaten jenes erstaunlichen Krokodils, das irgendjemand einmal auf den Namen des nordamerikanischen Generals Washington – so wie er im Montuvio ausgesprochen wird – getauft hatte. (Natürlich nicht, weil ihm Zähne gefehlt hätten, denn das Ungeheuer aus Montuvio besaß ein fabelhaftes Gebiss).

Man könnte ein dickes Buch mit Guásintons außergewöhnlichen Taten füllen, und ich hege die Hoffnung, dass es eines Tages geschrieben wird. Seltsam wäre dies ganz und gar nicht, heute schreibt man ja Biographien über alles, sogar über Flüsse. Und schließlich hätte Guásinton es wirklich verdient.

Ein ungewöhnlicher Geist wohnte in diesem dunkelgrünen Riesen, der gepanzert war wie ein Kriegsschiff oder wie ein mittelalterlicher Ritter und von der Maulspitze bis zum Schwanzende immerhin zehn Ellen maß.

Man sagte ihm nach, dass er großzügig war wie ein gütiger Gott. Musste er wählen zwischen einem Pferd, das am Ufer

que lavara sus ropas en la playa, Guásinton prefería devorar al caballo. Las comadres afirmaban que no lo hacía por gula, sino por compasión, al escoger a la bestia en vez de a la mujerzuela.

Sólo durante las grandes hambrunas Guásinton acometía a las gentes. Lo ordinario era que nadara junto a los bañistas, sereno, poderoso, consciente de su fuerza, sin molestarlos, aparentemente sin advertirlos siquiera. Se satisfacía entonces con los tributos que cobraba a los reseros: cada vez que éstos tenían que pasar ganado de una ribera a otra, ahí estaba Guásinton, llevado por quién sabe qué misterioso aviso, a reclamar sus derechos de señor feudal de las aguas montuvias. Se apropiaba de una res, de una res no más, pero de la mayor, siempre de la mayor. Guásinton seleccionaba bien. Y nada hacía ya al resto del ganado ni a los reseros. Ellos conocían la costumbre del saurio, y separaban su res en los negocios:

– Rebájennos un poco en el precio – decían a los vendedores – para que nos salga más barata la vaca de Guásinton.

La vaca que había de pagársele por el permiso de pasar el río …

Río seguro, después de todo, pues Guásinton no consentía en él competidor alguno: cuando cualquier lagartuelo imprudente, tras la larga siesta de los tembladerales, se atrevía a penetrar en el Babahoyo, Guásinton daba cuenta inmediata de él.

En las orillas su fama era casi única. Había para él una suerte de veneración, muy parecida a la religiosa. Comenzó todo por hacer asustar a los niños con su nombre terrible, y luego el miedo se contagió a los mayores. Como suele ocurrir, de ese miedo se engendró una superstición, y de ésta algo como un culto.

graste, oder einer Frau, die am Strand ihre Wäsche wusch: Guásinton zog es vor, das Pferd zu fressen. Die Weiber im Dorf behaupteten, dass er nicht aus Gefräßigkeit das Pferd wählte, sondern aus Mitleid mit der Frau.

Nur wenn die Nahrung knapp wurde, griff Guásinton Menschen an. Gewöhnlich schwamm er, ruhig, mächtig, seiner Kraft voll bewusst, neben den Badenden, ohne sie zu stören, offenbar ohne sie zu bemerken. Im allgemeinen begnügte er sich mit den Tributen, die er den Viehtreibern abforderte: Jedesmal wenn sie ihr Vieh von einem Ufer zum anderen bringen mussten, wurden sie von Guásinton erwartet. Auf irgendeine geheimnisvolle Weise zog ihn etwas dorthin: Wie ein Feudalherr des Montuvio bestand er auf seinem Recht. Stets nahm er sich ein Tier, eins nur, nie mehr, aber immer das größte. Guásinton wählte gut! Und nie tat er den anderen Tieren etwas zuleide, auch den Treibern nicht. Diese, mit der Gewohnheit der Echse vertraut, berücksichtigten sie schon beim Kauf:

«Lasst uns ein wenig den Preis nach», sagten sie zu den Verkäufern, «damit uns die Kuh für Guásinton billiger kommt.»

Die Kuh, die man fürs Überqueren des Flusses zahlen musste …

Und letzten Endes war es ein sicherer Fluss, denn Guásinton litt keinen Rivalen neben sich: Wenn irgendein junges, unvorsichtiges Krokodil nach wochenlanger Ruhezeit sich in den Babahoya hineinwagte, wurde es von Guásinton sofort bemerkt.

An den Ufern genoß er eine einzigartige Berühmtheit. Fast könnte man von einer religiösen Verehrung sprechen. Bei den Kindern fing es an, die man mit seinem schrecklichen Namen ängstigte, und dann ging die Angst auf die Erwachsenen über. Wie es oft der Fall ist, entstand aus dieser Angst ein Aberglaube, und aus diesem so etwas wie ein Kult.

Cuando, entretenido quizás en empresas amorosas, a las que era particularmente aficionado, o simplemente durmiendo el prolongado sueño de su especie, tardaba en aparecer por su zona acostumbrada, las gentes se preguntaban, vagamente inquietas:

– ¿Qué se habrá hecho Guásinton?

Y añadían, ahora temerosas:

– ¡Mala seña! Este año va a estar seco el río.

Porque, en la creencia popular, Guásinton, señor de las aguas, las traía consigo.

En ocasiones, Guásinton alteraba sus hábitos antiguos. Ocurría eso cuando las hambres. Entonces, se trepaba a los potreros ribereños y arrastraba las presas capturadas. Atacaba a las canoas: las volteaba de un coletazo y devoraba a sus ocupantes. Se convertía en un siniestro poder, en una furia desatada.

Pero esto pasaba en breve, y Guásinton volvía a sus plácidos modos de siempre. Tornaba a gustar de la melancólica música montuvia; porque, aun cuando se cree que los lagartos son casi sordos y se guían sólo por el olfato, parece ser que Guásinton oía muy bien y que hasta encontraba en ello un especial encanto.

Dizque en las noches, cuando los pescadores tocaban sus guitarras, mientras conducían su pesca al mercado, Guásinton, como una guardia fiel, seguía a las canoas; y si alguno daba un traspiés y venía al agua, Guásinton se alejaba a todo nado, sin duda para evitarse la tentación de comérselo.

Trece lagarteros experimentados, armados de fusiles de repetición y embarcados en dos canoas de fierro, fueron necesarios para matar a Guásinton.

Wenn Guásinton nicht zur gewohnten Zeit in seiner Gegend erschien, vielleicht weil er zu sehr mit einer Liebschaft beschäftigt war – was er besonders gerne tat – oder einfach, wie alle seine Artgenossen lange Zeit über schlief, sagten die Leute, leicht besorgt:

«Was ist wohl mit Guásinton los?»

Und fügten ängstlich hinzu:

«Schlechtes Zeichen! Dieses Jahr wird der Fluss austrocknen.»

Denn allgemein glaubte man, dass Guásinton, der Herr der Gewässer, diese mit sich brachte.

Zuweilen änderte Guásinton seine Gewohnheiten, zum Beispiel, wenn ihn der Hunger plagte. Dann kletterte er auf die am Ufer gelegenen Viehweiden und zog seine Beute mit sich. Er griff die Boote an: mit einem einzigen Schlag seines Schwanzes brachte er sie zum Kentern und verschlang die Insassen. Er verwandelte sich in eine düstere Macht, in eine losgelassene Bestie.

Doch das ging schnell vorüber, und Guásinton wurde wieder der friedliche Geselle, der er immer gewesen war. Von neuem gefiel ihm die melancholische Musik aus dem Montuvio, denn wenngleich man annimmt, dass Krokodile fast taub sind und sich nur vom Geruchssinn leiten lassen, scheint es doch, dass Guásinton sehr gut hörte und sogar besonderen Gefallen an der Musik fand.

Man sagt, dass Guásinton wie eine treue Wache den Booten folgte, wenn die Fischer mit ihrem Fang zum Markt fuhren und in den Nächten Gitarre spielten; und wenn einer von ihnen etwa ausrutschte und ins Wasser fiel, machte sich Guásinton ganz schnell davon, zweifellos um nicht der Verlockung zu erliegen, ihn zu fressen.

Dreizehn erfahrene Krokodiljäger in zwei Eisenbooten, mit Mehrladern bewaffnet, waren nötig, um Guásinton zu erlegen.

Y ni aún así les fue fácil; porque el animal se defendió tenazmente, y al morir hizo morir con él a uno de sus matadores y malhirió a otro.

Fue don Macario Arriaga quien montó la expedición y quien la dirigió. Cosa curiosa: don Macario nunca le regateó a Guásinton su tributo de ganado; pero cierto día, Guásinton devoró al perro favorito de don Macario, y éste se decidió a acabarlo. Viene aquí bien aquello de a pequeñas causas …

Hubo de procederse con mucho sigilo al formar la expedición, para que no se enteraran de ella las gentes de las riberas, que veían en Guásinton un ser casi sobrenatural.

Con el viejo saurio no valían los cebos. Seguía de largo frente a los cerdos atados a las canoas o a las balsas, tras las cuales se escudaban los fusileros avizores. Se burlaba de la faena del «sombrerito». Este ardid consiste, como es sabido, en que el cazador, desnudo de busto y munido de un cuchillo, se sumerge en lo hondo, dejando flotar en la superficie su sombrero: el lagarto se engaña y se lanza en dirección al sombrero, creyendo que ahí está el hombre, mientras éste, desde abajo, en un nado veloz, resurge y le clava a la fiera el cuchillo en el vientre una, dos, tres veces, hasta que le alcanza la respiración y el animal se desangra en la hemorragia. ¡Peligrosa la faena del sombrerito! Si la primera cuchillada no es decisivamente mortal, el atrevido perece sin remedio en las fauces del lagarto.

Con Guásinton hubo que emplear otras argucias que las comunes. Se lo vigiló durante varios días, hasta que se supo que solía reposar en cierto estero, pequeño y remansado, pero profundo. Entró en él cierta mañana, y entonces los cazadores taparon

Und nicht einmal so ist es ihnen leichtgefallen, denn das Tier hat sich heldenhaft gewehrt, und als es starb, starb mit ihm einer von seinen Jägern, und ein anderer wurde schwer verletzt.

Don Macario Arriaga war es, der die Expedition ausrüstete und anführte. Seltsam: Nie hat Don Macario dem Guásinton seinen Tribut an Vieh missgönnt, aber an dem Tag, da Guásinton Don Macarios Lieblingshund auffraß, beschloss er, das Krokodil zu töten. Da sieht man es wieder: Kleine Ursachen …

Alles musste im geheimen vorbereitet werden, damit die Uferbewohner nichts von der geplanten Expedition erfuhren, weil sie in Guásinton ein fast überirdisches Wesen sahen.

Bei der alten Echse taugte kein Köder. An den Schweinen, die an Booten oder Flößen angebunden waren, hinter denen sich die Schützen versteckten, schwamm er seelenruhig vorbei. Über den «Hütchen-Trick» machte er sich lustig. Dieser besteht bekanntlich darin, dass der Jäger mit entblößtem Oberkörper und einem Messer bewaffnet, im tiefen Wasser untertaucht und auf der Oberfläche seinen Hut schwimmen lässt. Das Krokodil lässt sich täuschen und stürmt in Richtung Hut im Glauben, dass sich dort der Mensch befindet. Tatsächlich schwimmt dieser schnell an die Oberfläche und stößt dem Tier ein-, zwei- oder dreimal das Messer in den Leib – solange er noch Luft kriegt – bis das Tier verblutet. Eine gefährliche Sache, der Hütchentrick! Wenn der erste Messerstich nicht sofort tödlich ist, kommt der mutige Jäger unweigerlich dabei um.

Guásinton musste man anders als auf übliche Weise überlisten. Man beobachtete ihn mehrere Tage lang, bis man wusste, dass er in einer kleinen, stillen aber tiefen Seitenbucht auszuruhen pflegte. Dorthin begab sich das Tier eines Morgens, und sogleich versperrten die Jäger den Zugang

rápidamente la boca del estero con una compuerta de maderos y alambres de púas, preparada de antemano.

José Gabriel, el más valeroso lagartero que ha existido en el Guayas, se tiró al agua, puñal en mano, a desafiar a la fiera.

En principio, Guásinton rehuyó la lucha. Se comprendería metido en una trampa y quiso forzar la salida, rompiendo la parte baja de la compuerta, sin mostrarse en la superficie. Debió herirse en la alambrada, porque, en la boca del estero, el agua se manchó de sangre. Y cuando sin duda fracasó, retrocedió, furioso, contra el hombre.

Gabriel lo esperaba, atento, advirtiendo sus movimientos por el fango removido. Se zambulló y lo alcanzó a punzar; pero el lagarto fue más ágil que él: de un formidable coletazo lo trajo al fondo, con la columna vertebral partida y la cabeza deshecha.

En ese momento, don Macario Arriaga ordenó que los cazadores se dispusieran en ambas orillas del estero y dispararan contra el agua sus fusiles.

– Alguna bala lo tocará – dijo.

Y sucedió lo asombroso: Guásinton – que bajo el agua era invulnerable tras su coraza de conchas y dada la escasa fuerza de los proyectiles, disparados de tan cerca – saltó a tierra; y, loco, monstruosamente loco, arremetió contra los hombres. Estos se desconcertaron ante lo imprevisto, y de ello aprovechó la fiera para llevarsele de un tapazo media pierna a Sofronio Morán, que estaba más próximo a sus fauces.

Pero los hombres se sobrepusieron. Sin cuidarse del herido, se apartaron, y una lluvia de balas cayó sobre Guásinton.

Para morir, se volteó, vientre al cielo. Agitaba los miembros como si quisiera agarrar. Abría y cerraba

zur Bucht mit einem vorher angefertigten Gitter aus Holz und Stacheldraht.

José Gabriel, der mutigste Krokodiljäger, den es je im Guayas gegeben hat, sprang ins Wasser, den Dolch in der Hand, um das Tier herauszufordern.

Zuerst wich Guásinton dem Kampf aus. Er ahnte, dass er in eine Falle geraten war, und versuchte zu entkommen, indem er den unteren Teil der Sperre zerbrach, ohne sich an der Oberfläche zu zeigen. Er musste sich wohl am Stacheldraht verletzt haben, denn das Wasser an der Einmündung färbte sich rot. Und als ihm die Flucht misslang, wandte er sich wutentbrannt gegen den Menschen.

Gabriel erwartete ihn, verfolgte aufmerksam jede seiner Bewegungen im aufgewühlten Schlamm. Er tauchte und stach auf ihn ein; doch das Krokodil war geschickter als er: Ein einziger Schlag seines Schwanzes brach dem Mann das Rückgrat, zerschmetterte seinen Kopf und schleuderte ihn in die Tiefe.

Jetzt befahl Don Macario Arriaga den Jägern, auf beiden Seiten der Bucht Stellung zu nehmen und auf das Wasser zu schießen.

«Eine von den Kugeln wird ihn treffen», sagte er.

Doch da geschah etwas Seltsames: Guásinton, der unter dem Wasser mit seinem Schuppenpanzer und wegen der geringen Kraft der aus allernächster Nähe abgeschossenen Kugeln unverwundbar war, sprang an Land und ging rasend vor Wut auf die Menschen los. Diese waren so bestürzt über den unerwarteten Angriff, dass das Tier den Augenblick der Ratlosigkeit nutzte und dem Sofronio Morán – der ihm am nächsten stand – ein halbes Bein abbiss.

Doch die Männer kamen wieder zu sich. Ohne sich um den Verletzten zu kümmern, liefen sie auseinander und ein Kugelregen prasselte auf Guásinton herab.

Im Sterben drehte er sich auf den Rücken. Er bewegte die Beine, als wollte er etwas ergreifen. Er öffnete und schloss

las enormes tapas de sus fauces, y emitía un sordo gruñido aún amenazante.

Se acercó a ultimarlo don Macario Arriaga. No llegó a hundirle la daga, como intentara: justamente en ese intante el bravío espíritu de Guásinton partía a fundirse en el gran todo...

Las diez varas de su cuerpo se sacudieron con violencia, y la mirada de sus ojos sanguinolentos se fijó en el vacío:

Guásinton, señor feudal de las aguas montuvias, era ya para siempre invencible...

das riesige Maul und ließ ein dumpfes, immer noch bedrohliches Fauchen hören.

Don Macario Arriaga näherte sich für den Gnadenstoß. Doch er kam nicht dazu, dem Tier den Dolch in den Leib zu stechen: Genau in diesem Augenblick wichen die Lebensgeister aus dem Körper des tapferen Guásinton …

Der zehn Ellen lange Körper bäumte sich im Schmerz auf, und der Blick seiner blutunterlaufenen Augen richtete sich ins Leere:

Guásinton, der Herr der Gewässer im Montuvio, war nun für immer unbesiegbar …

Pablo Palacio
¡Señora!

– Usted fue, sí, usted fue.

– ¿Señora …?

– Le digo que fue usted; no sea sinvergüenza.

– Pero … ¡señora … ! perdone: no sé de lo que se trata.

– ¡Ah, cínico … ! Devuélvame enseguida lo que ha cogido.

El hombre sintió un crujido en el armatoste de su buen juicio y se quedó viendo la cara de la rabiosa con ojos desencajados.

– ¿Fue usted quien estuvo sentado junto a mí en el teatro?

– … Sí, señora; así me parece …

– Entonces, ¿qué hizo de mi saquito de joyas?

– Pero, ¿qué saquito de joyas?

– ¡Oh! Esto es demasiado. Y ¡claro!, no podía ser de otra manera. ¡A lo que hemos llegado! Usted se va conmigo, jovencito, y no diga nada porque no quiero hacerle tomar un chasco. ¡Se ha de creer que sea yo quien sienta vergüenza antes que él!

En la comedia moderna, el automóvil es un personaje interesantísimo; así es que se acercó un automóvil.

– A la Policía.

Anonadamiento. «¿Estoy yo loco o está ella loca? ¿Sueño o no sueño? ¿Qué es lo que me pasa? ¿Soy ladrón o no soy ladrón? ¿Existo o no existo?». Alto grado de estupidez.

– ¡Pero, señora!

– ¡Vuelve usted con lo mismo! No me va a ser posible entenderme con usted. Ya se lo he dicho. Lo

Pablo Palacio
Señora!

«Sie waren es, ja, Sie waren es.»

«Señora?»

«Ich sag Ihnen, Sie waren es. Seien Sie nicht so unverschämt.»

«Aber, Señora, entschuldigen Sie, ich weiß nicht, worum es sich handelt.»

«Oh, wie schamlos ... Geben Sie mir sofort zurück, was Sie weggenommen haben.»

Der Mann fing an, an seinem gesunden Menschenverstand zu zweifeln, und sah mit aufgerissenen Augen in das Gesicht der wütenden Frau.

«Haben Sie nicht im Theater neben mir gesessen?»

«Ja, Señora, ich glaube schon ...»

«Na also, was haben Sie mit meinem Schmucktäschchen gemacht?»

«Was für ein Schmucktäschchen?»

«Nein, das ist zu viel. Aber völlig klar, es kann gar nicht anders gewesen sein. So weit sind wir also gekommen! Sie gehen jetzt mit mir, junger Mann, und seien Sie ganz still, denn ich will Ihnen keinen Schreck einjagen. Es sieht ja fast aus, als schämte ich mich mehr als er!»

In einem modernen Lustspiel ist das Auto ein besonders anregender Mitspieler. Deshalb nähert sich jetzt ein Auto.

«Zur Polizei.»

Verblüffung. «Bin ich verrückt, oder ist sie es? Träume ich, oder träume ich nicht? Was geschieht mit mir? Bin ich ein Dieb, oder bin ich keiner? Gibt es mich, oder gibt es mich nicht?» Hochgradige Blödheit.

«Aber, Señora!»

«Und immer dasselbe! So werden wir uns nicht verstehen können. Ich habe es Ihnen bereits gesagt: Sie brauchen mir

que tiene que hacer es devolverme lo que ha cogido y no venirme con lamentaciones. Nada de esto hubiera pasado si usted me hubiera devuelto eso enseguida. ¿A qué vienen sus fingimientos?

– Se lo juro, señora: no sé qué es lo que usted me reclama.

– ¡Cállese! ¡Cállese! Me va a hacer encolerizar. Tengo convencimiento de que fue usted y por eso hago lo que hago. Y no sé bien por qué procedo así. A pesar de la monstruosidad que acaba de cometer, me ha simpatizado; si no, estuviera ya en la Policía y vergonzosamente. Pero por algo noto que es una persona decente y estoy segura de que no sufrirá el bochorno de las investigaciones.

Policía.

– Vea, joven, por Dios, devuélvame el saquito. Son joyas valiosísimas y es lo único que tengo. Figúrese usted lo que me va a decir mi marido cuando venga ¡Ah! y todo por la ausencia de él … Lo que me va a decir cuando venga. Vea, joven, compadézcame …

– Bueno, diablos, ¿qué es lo que pasa? Le he dicho que no tengo nada suyo. ¿Entiende usted?: No tengo na-da su-yo. Ya estamos en la Policía. Siga, señora.

– No, no baje; no se moleste. Yo no quiero hacerle quedar mal. Caramba, caramba. Calle usted. No, no; esto no puede ser. Yo sé que usted se compadecerá de mí. Adolfo, siga a casa.

– ¡Maldición!

Y estupidez definitiva: «¿La mato o no la mato? ¿Estoy loco o está loca? ¿Qué hora es? ¿A dónde voy? ¿Hay un amigo tras la noche o un enemigo? ¿Quién es esta mujer? ¿He robado o no he robado?».

nur zurückzugeben, was Sie weggenommen haben, statt mir etwas vorzujammern. All das wäre nicht passiert, wenn Sie es mir gleich zurückgegeben hätten. Was soll Ihre Heuchelei?»

«Ich schwöre Ihnen, Señora, ich weiß nicht, was Sie von mir zurückfordern.»

«Still, seien Sie still! Ich werde noch ganz in Zorn geraten. Ich bin überzeugt, dass Sie es waren, darum tue ich, was ich tue. Ich weiß nicht, weshalb ich so vorgehe. Trotz der Ungeheuerlichkeit, die Sie begangen haben, finde ich Sie nett, sonst wären Sie ja schon längst mit Schimpf und Schande bei der Polizei gelandet. Doch irgendwie spüre ich, dass Sie ein anständiger Mensch sind, und ich bin sicher, dass Sie sich die Schande der Untersuchung ersparen möchten.»

Polizei.

«Hören Sie zu, junger Mann. Geben Sie mir um Gottes willen das Täschchen zurück. Es sind sehr kostbare Juwelen, und sie sind das einzige, was ich habe. Stellen Sie sich vor, was mein Mann sagen wird, wenn er kommt. Ach, und alles nur, weil er nicht da ist … Was wird er sagen, wenn er kommt. Haben Sie Mitleid mit mir, junger Mann …»

«Zum Teufel, was geht denn hier vor? Ich hab Ihnen doch schon gesagt, dass ich nichts von Ihnen habe. Verstehen Sie denn nicht? Ich ha-be nichts von Ih-nen. Jetzt sind wir schon bei der Polizei. Also bitte, Señora.»

«Nein, nicht aussteigen. Bemühen Sie sich nicht. Ich will nicht, dass Sie sich blamieren. Zum Donnerwetter. Seien Sie still. Nein, nein, das darf nicht sein. Ich weiß, dass Sie Mitleid mit mir haben werden. Adolfo: Fahren Sie nach Hause.»

«Verflucht!»

Endgültige Blödheit: «Bringe ich sie um, oder nicht? Bin ich verrückt, oder ist sie verrückt? Wie spät ist es? Wo geh ich hin? Birgt diese Nacht einen Freund oder einen Feind? Wer ist diese Frau? Hab ich gestohlen oder nicht?»

– No intente arrojarse … Se estrellaría. Vaya más ligero, Adolfo; más ligero.

Y como el viaje fuera largo, el hombre tuvo miedo.

Brillaban dos ojos de gata.

Naturalmente, empezó a llover fuerte.

– No recele de nada. ¿Cree usted peligrosa a una mujer sola, en la noche? Oh, qué niño … No nos lo comeremos a usted. Pero, hable. ¿Por qué no habla? ¿Se le ha secado la boca?

Silencio empedernido. Desfile, ante la imaginación, de todos los gestos, actitudes y aptitudes de lo absurdo.

– Ya hemos llegado. Tenga la bondad de bajar, joven. No: por acá. No tenga ningún recelo. Fíjese usted en el peligro que le ofrece una mujer sola. Entre. Suba. Caramba, el susto que me ha dado. Yo creí no volver a ver más aquello, que es lo único que tengo. Ay, pero hace un frío terrible. Entre, siéntese. (Silencio). Ahora lo que necesito son las joyas. Hágame el favor, joven.

– Pero, señora, qué es lo que le pasa? Se lo he repetido hasta la saciedad: yo no tengo sus joyas.

– Bueno, primeramente dígame por qué me dice señora …

– … Porque así lo parece.

Y la señora rió.

– Caramba, caramba … Perdóneme usted que sea tan molestosa; pero, ya comprenderá … mi situación es de las más difíciles … Ya sabe usted que mi marido está ausente, y puede caerme aquí de sorpresa después de dos, tres, cuatro días … ¿Y qué le diré yo de esas joyas? Como él es un poco celoso; quién sabe

« Versuchen Sie nicht, sich aus dem Wagen zu stürzen, Sie würden umkommen. Fahren Sie schneller, Adolfo, schneller. »

Und da die Fahrt lang werden könnte, bekam der Mann Angst.

Zwei Katzenaugen leuchteten.

Natürlich begann es stark zu regnen.

« Fürchten Sie nichts. Glauben Sie, dass eine Frau ganz allein in der Nacht gefährlich werden kann? Wir werden Sie nicht auffressen. Reden Sie doch. Ach, armer Junge. Warum reden Sie nicht? Haben Sie Ihre Zunge verloren? »

Tiefes Schweigen. Vor sich im Geiste sah er vorbeiziehen, was das Unsinnige an Gebärden, Handlungen und heimtükkischen Fallen hervorbringen kann.

« Wir sind da. Steigen Sie bitte aus, junger Mann. Nein, hier entlang. Haben Sie keine Angst. Halten Sie sich doch vor Augen, was für eine Gefahr Ihnen denn von einer einzigen Frau drohen kann. Treten Sie ein. Kommen Sie herauf. Mein Gott, haben Sie mir einen Schrecken eingejagt. Ich hatte schon geglaubt, ich würde die Sachen nie wiedersehen, das einzige, was ich besitze. Ach, wie kalt es ist. Kommen Sie herein, setzen Sie sich. (Schweigen) Was ich jetzt brauche, ist der Schmuck, seien Sie so freundlich, junger Mann. »

« Aber Señora, was ist denn los? Ich habe es Ihnen bis zum Überdruss wiederholt: Ich habe Ihren Schmuck nicht. »

« Also erklären Sie mir erst einmal, warum Sie immer Señora sagen. »

« ... Na ja, Sie sehen doch so aus. »

Die Señora lachte.

« Verflixt ... Entschuldigen Sie, dass ich immer wieder darauf zurückkomme, aber, Sie verstehen schon, ich bin in einer sehr schwierigen Lage ... Ich sagte schon, dass mein Mann nicht da ist, und er kann jederzeit, nach zwei, drei oder vier Tagen überraschend hier hereinschneien ... Und was sage ich ihm dann über den Schmuck? Da er etwas eifersüchtig ist –

qué cosas va a figurarse ... ¡Ay, no, Dios mío, si cuando yo pienso en lo que él puede pensar de mí, soy capaz de enterrarme viva ... ! Perdóneme; yo sé que estoy obrando muy indiscretamente, pero es que ahora no puedo hacer nada bien ... Permítame que le exija su abrigo ...

La señora buscó inútilmente en todos los bolsillos y lo colocó sobre una silla.

– ¡Oh! Pero no vuelva a ponérselo. Aguarde usted. Caramba; pero qué frías tiene las manos. ¿Quiere tomar una copita? ¿Ron? ¿Cognac? ¿Whisky ...?

– No bebo nada, señora.

– Uff, qué seriedad ... Es de ver al chiquillo. ¿Me perdona un momento? Yo misma voy a traer, porque no quiero despertar a los criados, y ya veremos si rehusa. De paso traeré también un pequeño utensilio para que arreglemos lo de las joyas.

Por fuerza, había dejado de llover.

Miradas rápidas y alocadas. Una ventana baja fue el milagro. Puesto que no había peligro de que se rompiera la osamenta, por allí debía salvarse el hombre – y también el cuentista –, para luego, azorado, hundirse en el camino.

Al ruido de la ventana, es evidente que la señora debió regresar a la sala; y al no encontrar a la víctima, salir a ver presurosamente, hostil, rabiosa, dada a los mil diablos.

Se mesaría los cabellos. Echaría en el lago quieto de la noche, atado al final de su larga mirada exploradora, este volumen:

– ¡Zoquete!

Una honda golpeará el estupor del hombre.

wer weiß, was er sich vorstellen wird ... Ach, mein Gott, wenn ich mir überlege, was er von mir denken kann, ich könnte mich lebendig begraben ... Entschuldigen Sie, ich weiß, wie schamlos ich mich aufführe. aber ich kann jetzt gar nichts mehr richtig machen ... Gestatten Sie, dass ich um Ihren Mantel bitte ...»

Die Señora durchsuchte erfolglos alle Taschen und legte ihn auf einen Stuhl.

«Ach – ziehen Sie ihn nicht wieder an. Warten Sie. Nanu, wie kalt Ihre Hände sind. Möchten Sie etwas trinken? Rum? Cognac? Whisky?»

«Ich trinke nicht, Señora.»

«Aber nein – wie tugendhaft ... Wie ein kleiner Junge. Entschuldigen Sie mich einen Augenblick? Ich hole die Getränke selber, so brauche ich die Dienstboten nicht zu wecken, dann werden wir schon sehen, ob Sie ablehnen. Bei der Gelegenheit werde ich auch ein kleines Gerät mitbringen, dass die Sache mit dem Schmuck in Ordnung kommt.»

Natürlich hatte es aufgehört zu regnen.

Hastige, verstörte Blicke. Ein Wunder: ein niedriges Fenster. Da keine Gefahr bestand, sich die Knochen zu brechen, konnte sich der Mann – und auch der Erzähler – so retten und fassungslos in der Dunkelheit untertauchen.

Es ist klar: auf das Geräusch des Fensters wird die Señora gleich in das Wohnzimmer zurückgekommen und, als sie ihr Opfer nicht mehr vorfand, in wilder Wut und teuflischem Hass wieder hinausgerannt sein, um eiligst nachzusehen.

Sie wird sich die Haare gerauft haben. Und nachdem sie lange forschend in den tiefen See der dunklen Nacht gestarrt hatte, dieses Geschoss hinausgeschmissen haben:

«Trottel!»

Den verdutzten Mann wird's zerschmettert haben.

Ventura García Calderón
El alfiler

La bestia cayó de bruces, agonizante, rezumando sudor y sangre, mientras el jinete, en un santiamén, saltaba a tierra al pie de la escalera monumental de la hacienda de Ticabamba. Por el obeso balcón de cedro asomó la cabeza fosca del hacendado, D. Timoteo Mondaraz, interpelando al recién venido, que temblaba.

Era burlona la voz de sochantre del viejo tremendo:

– ¿Qué te pasa, «Borradito»? Te están repiqueteando las choquezuelas ... Si no nos comemos aquí a la gente, habla no más ...

El «borradito», llamado así en el valle por su rostro picado de viruelas, asió con desesperada mano el sombrero de jipijapa y quiso explicar tantas cosas a la vez – la desgracia súbita, su galope nocturno de veinte leguas, la orden de llegar en pocas horas aunque reventara la bestia en el camino –, que enmudeció por un minuto. De repente, sin respirar, exhaló su ingenua retahila:

– Pues, le diré a mi amito que me dijo el niño Conrado que le dijera que anoche mismito agarró y se murió la niña Grimanesa.

Si don Timoteo no sacó el revólver como siempre que se hallaba conmovido, fue sin duda por mandato especial de la Providencia, pero estrujó el brazo del criado queriendo extirparle mil detalles.

– ¿Anoche? ... ¿Está muerta? ... ¿Grimanesa?

Algo advirtió quizá en las obscuras explicaciones del «Borradito», pues, sin decir palabra, rogando que no

Ventura García Calderón
Die Stecknadel

Das Tier brach zusammen, dem Tode nah, Schweiß und Blut verströmend, während der Reiter am Fuß der monumentalen Freitreppe der Hacienda Ticabamba im Nu zu Boden sprang. Auf dem mächtigen Balkon aus Zedernholz erschien finster der Kopf des Gutsbesitzers Don Timoteo Mondaraz und richtete sich an den zitternd dastehenden Ankömmling.

Spöttisch erklang die Kantorstimme des furchterregenden Alten:

«Was gibt's, Borradito? Dir klappern ja die Kniescheiben ... Wir sind hier doch keine Menschenfresser! Schieß nur los ...»

Borradito, der Pockennarbige, im Tal so genannt wegen seines von der Krankheit zerfressenen Gesichts, hielt verzweifelt den Strohhut umklammert und versuchte, so viele verschiedene Dinge auf einmal zu erklären – das plötzliche Unglück, seinen nächtlichen Zwanzigmeilengalopp, den Befehl, die Strecke in wenigen Stunden zurückzulegen, auch wenn das Tier dabei zu Tode geritten würde –, dass er für eine Minute völlig verstummte. Unversehens stieß er dann, ohne Atem zu holen, sein einfältiges Sprüchlein hervor:

«Also ich sag Ihnen lieber Herr dass mir der kleine Conrado gesagt hat dass ich Ihnen sagen soll letzte Nacht mir nichts dir nichts ist die kleine Grimanesa gestorben.»

Dass Don Timoteo nicht wie sonst vor Erregung die Pistole zog, geschah zweifellos auf ausdrücklichen Befehl der Vorsehung, dafür drückte er den Arm des Knechts, als wolle er tausend Einzelheiten aus ihm herauspressen.

«Gestern Nacht? ... Ist sie tot? ... Grimanesa?»

Irgendetwas an den dunklen Erklärungen Borraditos muss ihm seltsam vorgekommen sein, denn er stieg, nachdem er

despertaran a su hija, «la niña Ana María», bajó él mismo a ensillar su mejor caballo de paso. Momentos después galopaba a la hacienda de su yerno, Conrado Basadre, que el año último casara con Grimanesa, la linda y pálida amazona, el mejor partido de todo el valle. Fueron aquellos desposorios una fiesta con sus fuegos de Bengala, sus indias danzantes de camisón morado, sus indias que todavía lloran la muerte de los Incas, ocurrida en siglos remotos, pero todavía reviviscente en la endecha de la raza humillada, como los cantos de Sión en la terquedad sublime de la Biblia. Luego, por los mejores caminos de sementeras había divagado la procesión de santos antiquísimos, que ostentaban en el ruedo de velludo carmesí cabezas disecadas de salvajes. Y el matrimonio tan feliz de una linda moza con el simpático y arrogante Conrado Basadre terminaba así ... ¡Badajo!

Hincando las espuelas nazarenas, don Timoteo pensaba, aterrado, en aquel festejo trágico. Quería llegar en cuatro horas a «Sincavilca», el antiguo fundo de los «Basadres».

En la tarde, ya vencida, se escuchó otro galope resonante y premioso, sobre los cantos rodados de la montaña. Por prudencia, el anciano disparó al aire, gritando:

– ¿Quién vive?

Refrenó su carrera el jinete próximo, y con voz que disimulaba mal su angustia, gritó a su vez:

– ¡Amigo! Soy yo, ¿no me reconoce?, el administrador de Sincavilca. Voy a buscar al cura para el entierro.

Estaba tan turbado el hacendado, que no preguntó por qué corría tanta prisa en llamar al cura si Grimanesa estaba muerta, y por qué razón no se hallaba

darum gebeten hatte, seine Tochter, «die kleine Ana María», nicht zu wecken, ohne ein Wort die Treppe hinunter und ging ganz allein sein bestes Reitpferd satteln. Gleich darauf ritt er im Galopp zur Hazienda seines Schwiegersohns Conrado Basadre, der im Jahr zuvor Grimanesa, die schöne bleiche Amazonin, die beste Partie im Tal, geheiratet hatte. Was für ein Hochzeitsfest! Feuerwerk und tanzende Indiofrauen in dunkelvioletten Gewändern, Indiofrauen, die noch immer den Tod der Inkas beweinen, der Jahrhunderte zurückliegt aber im Klagelied ihrer gedemütigten Rasse fortlebt wie die Trauer um das verlorene Zion im erhabenen Beharren der biblischen Psalmen. Dann war die Prozession mit ihren uralten Heiligenfiguren in Kleidern, an deren scharlachrotem Samtsaum Schrumpfköpfe von Wilden zu sehen waren, über die besten Saatfelder gezogen. Und diese so glückliche Verbindung eines schönen jungen Mädchens mit dem sympathischen stolzen Conrado Basadre nahm ein so jähes Ende – großer Gott!

Voller Entsetzen gedachte Don Timoteo jenes so tragisch zu Ende gegangenen Festes und bohrte dem Pferd die riesigen Sporen in die Flanken. Er wollte in vier Stunden in Sincavilca sein, dem alten Gut der Basadres.

In der Abenddämmerung war vom Gebirge her der Widerhall sich hastig ihren Weg durch das Geröll suchender Hufe zu vernehmen. Zu seiner Sicherheit schoss der Alte einmal in die Luft und rief:

«Wer da?»

Der schon ganz nahe Reiter zügelte sein Pferd und rief seinerseits, mit einer Stimme, der es nur schwer gelang, seine Furcht nicht durchklingen zu lassen:

«Freund, kennt Ihr mich nicht? Ich bin der Verwalter von Sincavilca! Ich reite den Priester holen, fürs Begräbnis.»

Der alte Gutsbesitzer war so verwirrt, dass er nicht fragte, warum so eilig der Priester geholt werden musste, wo Grimanesa doch schon tot war, und warum der Kaplan nicht auf

en la hacienda el capellán. Dijo adiós con la mano, y estimuló a su cabalgadura, que arrancó a galopar con el flanco lleno de sangre.

Desde el inmenso portalón que clausuraba el patio de la hacienda, aquel silencio acongojaba. Hasta los perros, enmudecidos, olfateaban la muerte. En la casa colonial, las grandes puertas claveteadas de plata ostentaban ya crespones en forma de cruz. Don Timoteo atravesó los grandes salones desiertos, sin quitarse las espuelas nazarenas, hasta llegar a la alcoba de la muerta, en donde sollozaba Conrado Basadre. Con voz empañada por el llanto, rogó el viejo que lo dejara solo un momento. Y cuando hubo cerrado la puerta con sus manos, rugió su dolor durante horas, insultando a los santos, llamando a Grimanesa por su nombre, besando la mano inanimada, que volvía a caer sobre las sábanas, entre jazmines del Cabo y alhelíes. Seria y ceñuda, por primera vez, reposaba Grimanesa como una santa, con las trenzas ocultas en la corneta de las carmelitas y el lindo talle prisionero en el hábito, según la costumbre religiosa del valle, para santificar a las lindas muertas. Sobre su pecho colocaron un bárbaro crucifijo de plata que había servido a un abuelo suyo para trucidar rebeldes en una antigua sublevación de indios.

Al besar don Timoteo la pía imagen quedó entreabierto el hábito de la muerta, y algo advirtió, aterrado, pues se le secaron las lágrimas de repente, y se alejó del cadáver como enloquecido, con repulsión extraña. Entonces miró a todos lados, escondió un objeto en el poncho, y, sin despedirse de nadie, volvió a montar, regresando a Ticabamba, en la noche cerrada.

der Hazienda war. Er machte mit der Hand ein Zeichen zum Abschied und trieb sein Pferd an, das mit blutender Flanke davongaloppierte.

Von dem riesigen Tor an, das den Hof der Hazienda verschloss, herrschte bedrückendes Schweigen. Selbst die Hunde hatten aufgehört zu bellen, sie witterten den Tod. Die großen, silberbeschlagenen Türen des Haupthauses trugen bereits Trauerbänder in der Form von Kreuzen. Ohne die Sporen abzulegen, ging Don Timoteo durch die verlassenen großen Empfangsräume bis in das Zimmer der Toten, zu dem weinenden Conrado Basadre. Mit tränenerstickter Stimme bat der Alte, er möge ihn einen Augenblick allein lassen. Und nachdem er eigenhändig die Tür verschlossen hatte, schrie er viele Stunden lang seinen Schmerz hinaus, verwünschte die Heiligen, rief Grimanesa bei ihrem Namen und küsste ihre leblose Hand, die wieder auf die Laken zurückfiel, zwischen Jasmin und Levkojen. Zum ersten Mal ernst und düster, ruhte Grimanesa wie eine Heilige auf ihrem Lager, die Haare unter einer Karmeliterinnenhaube verborgen und die schöne Gestalt in das dazugehörige Ordenskleid gezwängt, so wie nach dem religiösen Brauch des Tales die toten Schönen Gott geweiht werden. Auf ihre Brust hatte man ein ungeheuerliches Silberkruzifix gelegt, das einem ihrer Großväter dazu gedient hatte, bei einem Indioaufstand Rebellen niederzumetzeln.

Als Don Timoteo das heilige Bild küsste, öffnete sich das Kleid der Toten ein wenig, und entsetzt bemerkte er etwas, denn schlagartig versiegten seine Tränen, und er wich wie wahnsinnig, mit merkwürdigem Ekel, vor dem Leichnam zurück. Hierauf sah er sich nach allen Seiten um, verbarg einen Gegenstand unter seinem Poncho, bestieg wieder sein Pferd und ritt, ohne sich von irgendjemand zu verabschieden, in pechschwarzer Nacht nach Ticabamba zurück.

Durante siete meses nadie fue de una hacienda a otra, ni pudo explicarse este silencio. ¡Ni siquiera habían asistido al entierro! Don Timoteo vivía clausurado en su alcoba olorosa a estoraque, sin hablar días enteros, sordo a las súplicas de Ana María, tan hermosa como su hermana Grimanesa, que vivía adorando y temiendo al padre terco. Nunca pudo saber la causa del extraño desvío ni por qué no venía Conrado Basadre.

Pero un domingo claro de junio se levantó don Timoteo de buen humor; y propuso a Ana María que fueran juntos a Sincavilca, después de misa. Era tan inesperada aquella resolución, que la chiquilla transitó por la casa durante la mañana entera como enajenada, probándose al espejo las largas faldas de amazona y el sombrero de jipijapa, que fue preciso fijar en las oleosas crenchas con un largo estilete de oro. El padre la vio así; y dijo turbado, mirando el alfiler:

– ¡Vas a quitarte ese adefesio! …

Cuando llegaron a Sincavilca, Conrado estaba domando un potro nuevo, con la cabeza descubierta a todo sol, hermoso y arrogante en la silla negra con clavos y remaches de plata. Desmontó de un salto, y al ver a Ana María, tan parecida a su hermana en gracia zalamera, la estuvo mirando largo rato, embebido.

Nadie habló de la desgracia ocurrida, ni mentó a Grimanesa, pero Conrado cortó sus espléndidos y carnales jazmines del Cabo para obsequiar a Ana María. Ni siquiera fueron a visitar la tumba de la muerta, y hubo un silencio enojoso cuando la nodriza vieja vino a abrazar a «la niña», llorando:

– ¡Jesús, María y José, tan linda como mi amita ¡Un capulí!

Sieben Monate lang gab es nicht einen Besuch von Hazienda zu Hazienda, niemand konnte sich ein solches Schweigen erklären. Nicht einmal zum Begräbnis waren sie gekommen! Don Timoteo lebte eingeschlossen in sein nach Storaxharz riechendes Schlafzimmer, sprach tagelang kein Wort, taub für alles Flehen Ana Marías, die ebenso schön war wie ihre Schwester Grimanesa und ihren eigensinnigen Vater vergötterte und fürchtete. Nie erfuhr sie den Grund für sein seltsames Verhalten, noch warum Conrado Basadre nicht kam.

Doch an einem schönen hellen Sonntag im Juni stand Don Timoteo gutgelaunt auf und machte Ana María den Vorschlag, nach der Messe mit ihm nach Sincavilca zu reiten.

Dieser Entschluss kam so unerwartet, dass die Kleine den ganzen Morgen über außer sich vor Freude durchs Haus lief und vor dem Spiegel ihre langen Amazonenröcke und den Strohhut anprobierte, der mit einer langen goldenen Nadel an ihrem eingeölten Haar festgesteckt werden musste. Als ihr Vater sie so sah, sagte er, indem er unruhig die Nadel betrachtete:

«Was soll dieser Aufzug, weg damit!»

Als sie nach Sincavilva kamen, war Conrado, barhäuptig im vollen Sonnenlicht, schön und stolz anzusehen in dem mit Nieten und Silbernägeln verzierten schwarzen Sattel, gerade dabei, ein Füllen zuzureiten. Er sprang mit einem Satz zu Boden und als er Ana María erblickte, die in ihrer verführerischen Anmut ihrer Schwester so sehr ähnelte, betrachtete er sie, in sich versunken, lange Zeit.

Niemand sprach von dem vergangenen Unglück oder erwähnte Grimanesa, dafür schnitt Conrado von seinen prachtvoll üppigen Jasminblüten ab und schenkte sie Ana María. Sie gingen nicht einmal zum Grab der Toten, und ein unbehagliches Schweigen trat ein, als die alte Amme kam, um «die Kleine» zu umarmen, und schluchzend ausrief:

«Jesus, Maria und Josef, so schön wie meine kleine Herrin! Eine Capulí-Kirsche!»

Desde entonces, cada domingo se repetía la visita a Sincavilca, Conrado y Ana María pasaban el día mirándose en los ojos y oprimiéndose dulcemente las manos cuando el viejo volvía el rostro para contemplar un nuevo corte de caña madura. Y un lunes de fiesta, después del domingo encendido en que se besaron por primera vez, llegó Conrado a Ticabamba, ostentando la elegancia vistosa de los días de feria, terciando el poncho violeta sobre el pellón de carnero, bien peinada y luciente la crin de su caballo, que braceaba con escorzo elegante y clavaba el espumante belfo en el pecho, como los palafrenes de los libertadores.

Con la solemnidad de las grandes horas, preguntó por el hacendado, y no lo llamó con el respeto de siempre «don Timoteo», sino que murmuró, como en el tiempo antiguo, cuando era novio de Grimanesa:

– Quiero hablarle, mi padre ...

Se encerraron en el salón colonial, donde estaba todavía el retrato de la hija muerta. El viejo, silencioso, esperó que Conrado, turbadísimo, le fuera explicando, con indecisa y vergonzante voz, su deseo de casarse con Ana María. Medió una pausa tan larga que don Timoteo, con los ojos cerrados, parecía dormir. De súbito, ágilmente, como si los años no pasaran en aquella férrea constitución de hacendado peruano, fue a abrir una caja de hierro, de antiguo estilo y complicada llavería, que era menester solicitar con mil ardides y un «santo y seña» escrito en el candado. Entonces, siempre silencioso, cogió un alfiler de oro. Era uno de esos topos que cierran el manto de las indias y terminan en hoja de coca; pero más largo, agudísimo y manchado de sangre negra.

Von da an wurden die Besuche in Sincavilca jeden Sonntag wiederholt, Conrado und Ana María verbrachten die Tage damit, sich in die Augen zu schauen und sanft die Hände zu drücken, wenn der Alte das Gesicht abwandte, um zu sehen, wie das nächste reife Zuckerrohrfeld abgeerntet wurde. Und eines festlichen Montags, nach dem glühenden Sonntag, an dem sie sich zum ersten Mal geküsst hatten, kam Conrado nach Ticabamba, in elegantem Festtagsaufzug, den violetten Poncho quer über den Alpacapelz gehängt, sorgfältig gestriegelt die blanke Mähne des Pferdes, das in leichtem Passgang stolzierte, die schäumende Unterlippe gegen die Brust gepresst wie die Zelter der Befreier des Vaterlandes.

Im feierlichen Tonfall der großen Augenblicke fragte er nach dem Gutsherrn und nannte ihn nicht wie sonst respektvoll «Don Timoteo», sondern sagte leise, wie zu alten Zeiten, als er der Verlobte Grimanesas war:

«Mein Vater, ich möchte mit Ihnen sprechen.»

Sie schlossen sich im großen Salon ein, wo noch immer das Bild der gestorbenen Tochter hing. Schweigend wartete der Alte, dass Conrado, verwirrt und aufgewühlt, ihm mit unsicherer und verlegener Stimme den Wunsch vortrüge, Ana María heiraten zu dürfen. Eine Pause trat ein, so lange, dass es schien, als schliefe Don Timoteo hinter seinen geschlossenen Augenlidern. Plötzlich, mit einer Behendigkeit, als hätten die Jahre der eisernen Konstitution dieses peruanischen Großgrundbesitzers nichts anhaben können, ging er zu einer eisernen Truhe von altertümlichem Aussehen, deren kompliziertem Schließmechanismus nur mit vielerlei Kniffen beizukommen war, und auf deren Vorhängeschloss ein Losungswort geschrieben stand. Immer noch schweigend entnahm er ihr eine goldene Nadel. Es war einer jener am einen Ende in ein Cocablatt übergehenden Maulwürfe, mit denen die Indiofrauen ihre Umhänge befestigen; aber länger, äußerst spitz und voll schwarzer Blutflecken.

Al verlo, Conrado cayó de rodillas, gimoteando como un reo confeso:

– ¡Grimanesa, mi pobre Grimanesa!

Mas el viejo advirtió con un violento ademán que no era el momento de llorar. Disimulando con un esfuerzo sobrehumano su turbación creciente, murmuró en voz tan sorda que se le comprendía apenas:

– Sí; se lo saqué yo del pecho cuando estaba muerta ... Tú le habías clavado este alfiler en el corazón ... ¿No es cierto? ... Ella te faltó, quizá ...

– Sí, mi padre.

– ¿Se arrepintió al morir?

– Sí, mi padre.

– ¿Nadie lo sabe?

– No, mi padre.

– ¿Fue con el administrador?

– Sí, mi padre.

– ¿Por qué no lo mataste también?

– Huyó como un cobarde.

– ¿Juras matarlo si regresa?

– Sí, mi padre.

El viejo carraspeó solemnemente, estrujó la mano de Conrado y dijo, ya sin aliento:

– Si ésta también te engaña, haz lo mismo. ¡Toma!

Y entregó el alfiler de oro, solemnemente, como otorgaban los abuelos la espada al nuevo caballero y con brutal repulsa, apretándose el corazón desfalleciente, indicó al yerno que se marchara en seguida, porque no era bueno que alguien viera sollozar al tremendo y justiciero don Timoteo Mondaraz.

Als Conrado die Nadel erblickte, stürzte er auf die Knie und wimmerte wie ein Angeklagter, der seine Schuld gesteht:

«Grimanesa, meine arme Grimanesa.»

Aber der Alte gab ihm mit heftiger Gebärde zu verstehen, dass dies nicht der Moment war, zu weinen. Während er mit übermenschlicher Anstrengung versuchte, sich seine zunehmende Erregung nicht anmerken zu lassen, murmelte er mit so dumpfer Stimme, dass er kaum zu verstehen war:

«Ja. Ich selbst zog sie ihr aus der Brust, als sie tot war … Du hattest sie ihr ins Herz gebohrt, nicht wahr? … Sie hatte dich wohl betrogen …»

«Ja, mein Vater.»

«Bereute sie, als sie starb?»

«Ja, mein Vater.»

«Keiner weiß es?»

«Nein, mein Vater.»

«War es mit dem Verwalter?»

«Ja, mein Vater.»

«Warum hast du ihn nicht auch getötet?»

«Er floh, der Feigling.»

«Schwörst du, dass du ihn umbringst, wenn er wiederkommt?»

«Ja, mein Vater.»

Der Alte räusperte sich feierlich, presste Conrados Hand und sagte, nach Luft ringend:

«Wenn die da dich auch betrügt, handle ebenso. Nimm!»

Und er reichte ihm die goldene Nadel, so feierlich wie einst die Vorfahren einem jungen Ritter sein Schwert übergaben, und mit einer heftig abwehrenden Geste, die Hand aufs Herz gepresst, das zu versagen drohte, wies er den Schwiegersohn an, sofort hinauszugehen, denn niemand sollte den gewaltigen und gerechten Don Timoteo Mondaraz weinen sehen.

Abraham Valdelomar
El caballero Carmelo

I

Un día, después del desayuno, cuando el sol empezaba a calentar, vimos aparecer, desde la reja, en el fondo de la plazoleta, un jinete en bellísimo caballo de paso, pañuelo al cuello que agitaba el viento, *sanpedrano pellón* de sedosa cabellera negra, y henchida alforja, que picaba espuelas en dirección a la casa.

Reconocímosle. Era el hermano mayor, que años corridos, volvía. Salimos atropelladamente gritando:

– ¡Roberto! ¡Roberto!

Entró el viajero al empedrado patio donde el ñorbo y la campanilla enredábanse en las columnas como venas en un brazo y descendió en los de todos nosotros. ¡Cómo se regocijaba mi madre! Tocábalo, acariciaba su tostada piel, encontrábalo viejo, triste, delgado. Con su ropa empolvada aún, Roberto recorría las habitaciones rodeado de nosotros; fue a su cuarto, pasó al comedor, vio los objetos que se habían comprado durante su ausencia, y llegó al jardín:

– ¿Y la higuerilla? – dijo.

Buscaba, entristecido, aquel árbol cuya semilla sembrara él mismo antes de partir. Reímos todos:

– ¡Bajo la higuerilla estás! …

El árbol había crecido y se mecía armoniosamente con la brisa marina. Tocóle mi hermano, limpió cariñosamente las hojas que le rozaban la cara, y luego volvimos al comedor. Sobre la mesa

Abraham Valdelomar
Der Held Carmelo

I

Eines Tages nach dem Frühstück, die Sonne schien schon ziemlich warm, sahen wir am hinteren Ende des Platzes, vom Gatter her, auf einem herrlichen Pferd einen Reiter auftauchen, ein Tuch um den Hals, das im Wind flatterte – ein richtiger *Sanpedraner Reiter* mit seidig schwarzem Haar und prallgefüllter Satteltasche, der seinem Pferd die Sporen gab und auf unser Haus zuhielt.

Wir erkannten ihn, es war unser ältester Bruder, der nach langen Jahren zurückkehrte. Wir stürzten ihm entgegen und riefen:

«Roberto! Roberto!»

Der Ankömmling ritt auf den gepflasterten Hof, wo wie Adern um einen Arm Passionsblumen und Winden sich um die Säulen schlangen, und stieg ab in unser aller Arme. Wie freute sich da meine Mutter! Sie berührte ihn, streichelte zärtlich seine sonnenverbrannte Haut und fand, er sei alt geworden, traurig und mager. Die Kleider noch voll Staub, lief Roberto von uns umdrängt durch die Zimmer, er ging zuerst in sein eigenes, dann weiter ins Esszimmer, sah die Dinge, die während seiner Abwesenheit erworben worden waren, und kam zum Garten:

«Und der kleine Feigenbaum?» fragte er.

Traurig sah er sich nach dem Baum um, dessen Samen er selber in die Erde gesteckt hatte, ehe er fortzog. Wir lachten:

«Du stehst darunter!»

Der Baum war gewachsen und wiegte sich sanft in dem Wind, der vom Meer her blies. Mein Bruder fuhr mit der Hand über den Stamm, säuberte liebevoll die Blätter, die sein Gesicht streiften, und wir kehrten ins Esszimmer zu-

estaba la alforja rebosante; sacaba él, uno a uno, los objetos que traía y los iba entregando a cada uno de nosotros. ¡Qué cosas tan ricas! ¡Por dónde había viajado! Quesos frescos y blancos, envueltos por la cintura con paja de cebada, de la Quebrada de Humay; chancacas hechas con cocos, nueces, maní y almendras; frijoles colados, en sus redondas calabacitas, pintadas encima con un rectángulo del propio dulce, que indicaba la tapa, de Chincha Baja; bizcochuelos, en sus cajas de papel, de yema de huevo y harina de papas, leves, esponjosos, amarillos y dulces; santitos de «piedra de Guamanga» tallados en la feria serrana; cajas de manjar blanco, tejas rellenas, y una traba de gallo con los colores blanco y rojo. Todos recibíamos el obsequio, y él iba diciendo al entregárnoslo:

– Para mamá ... para Rosa ... para Jesús ... para Héctor ...

– ¿Y para papá? – le interrogamos, cuando terminó:

– Nada ...

– ¿Cómo nada para papá? ...

Sonrió el amado, llamó al sirviente y le dijo:

– ¡El *Carmelo*!

A poco volvió éste con una jaula y sacó de ella un gallo, que ya libre, estiró sus cansados miembros: agitó las alas y cantó estentóreamente:

– ¡Cocorocóoooo! ...

¡Para papá! – dijo mi hermano.

Así entró en nuestra casa este amigo íntimo de nuestra infancia ya pasada, a quien acaeciera historia digna de relato; cuya memoria perdura aún en nuestro hogar como una sombra alada y triste: el *Caballero Carmelo.*

rück. Auf dem Tisch stand die pralle Satteltasche. Eins nach dem anderen holte er die Dinge, die er mitgebracht hatte, daraus hervor und übergab sie uns. Was für herrliche Sachen! Wie weit er herumgekommen war! Weiße Frischkäse, in der Mitte mit Gerstenstroh umwickelt, aus der Humay-Schlucht; Zuckermelassekugel mit Kokos, Walnüssen, Erdnüssen und Mandeln; mit Bohnenmousse gefüllte Kürbisse, auf die das rechteckige Zeichen der, wie auf dem Deckel der Schachtel zu lesen war, «Original-Süßigkeiten aus Chincha Baja» gemalt war; in Papierschächtelchen liegende leichte, lockere, gelbe, süße Biskuits aus Eigelb und Kartoffelmehl, kleine Heiligenfiguren aus «Guamangastein», gemeißelt auf einem Dorffest im Gebirge; Schachteln voll mit Milchkaramelcreme, gefüllte Orangen – und eine rot-weiße Hahnenfessel. Jeder bekam sein Geschenk, indem er austeilte und sagte:

«Für Mama … für Rosa … für Jesus … für Hector …»

«Und für Papa?» fragten wir, als er fertig war.

«Nichts …»

«Wie, nichts für Papa?»

Da lächelte der Gute, rief seinen Bediensteten und sagte zu ihm:

«Den *Carmelo*!»

Kurz darauf kam der Bedienstete mit einem Käfig wieder, aus dem er einen Hahn hervorholte, der, sobald er sich befreit sah, die müden Glieder streckte, mit den Flügeln schlug und aus vollem Halse krähte:

«Kikirikiii! …»

«Für Papa!» sagte mein Bruder.

So kam dieser geliebte Freund aus längst vergangenen Kindestagen zu uns nach Haus, dem die folgende erzählenswerte Geschichte zustieß, ein Freund, dessen Erinnerung in unserer Familie fortlebt wie ein trauriger, geflügelter Schatten: der *Held Carmelo.*

II

Amanecía, en Pisco, alegremente. A la agonía de las sombras nocturnas, en el frescor del alba, en el radiante despertar del día, sentíamos los pasos de mi madre en el comedor, preparando el café para papá. Marchábase éste a la oficina. Despertaba ella a la criada, chirriaba la puerta de la calle con sus mohosos goznes; oíase el canto del gallo que era contestado a intervalos por todos los de la vecindad; sentíase el ruido del mar, el frescor de la mañana, la alegría sana de la vida. Después mi madre venía a nosotros, nos hacía rezar arrodillados en la cama con nuestras blancas camisas de dormir; vestíamos luego, y, al concluir nuestro tocado, se anunciaba a lo lejos la voz del panadero. Llegaba éste a la puerta y saludaba. Era un viejo dulce y bueno, y hacía muchos años, al decir de mi madre, que llegaba todos los días, a la misma hora, con el pan calentito y apetitoso, montado en su burro, detrás de los dos «capachos» de acero, repletos de toda clase de pan: hogazas, pan francés, pan de mantecado, rosquillas.

Madre escogía el que habíamos de tomar y mi hermana Jesús, lo recibía en el cesto. Marchábase el viejo, y nosotros, dejando la provisión sobre la mesa del comedor, cubierta de hule brillante, íbamos a dar de comer a los animales. Cogíamos las mazorcas de apretados dientes, las desgranábamos en un cesto y entrábamos al corral donde los animales nos rodeaban. Volaban las palomas, picoteábanse las gallinas por el grano, y entre ellas, escabullíanse los conejos. Después de su frugal comida, hacían grupos alrededor nuestro. Venía hasta nosotros la cabra, refregando su cabeza en nuestras piernas; piaban los pollitos, tímidamente se acercaban los conejos blancos,

II

In Pisco brach ein heiterer Morgen an. Nach dem Verdämmern der nächtlichen Schatten vernahmen wir in der Morgenfrische, im strahlenden Erwachen des Tages, die Schritte meiner Mutter, die im Esszimmer für Papa, der ins Büro ging, den Kaffee vorbereitete. Sie weckte das Hausmädchen, die rostigen Angeln der Tür zur Straße knarrten, und das Krähen des Hahnes war zu hören, das in Abständen von allen Hähnen aus der Nachbarschaft beantwortet wurde, über dem Ganzen das Geräusch des Meeres, die Morgenfrische, die gesunde Lebensfreude. Dann kam meine Mutter, um mit uns zu beten, wobei wir in unseren weißen Nachthemden im Bett knieten, gleich darauf zogen wir uns an, und während wir noch unsere Morgentoilette beendigten, kündigte sich schon von weitem die Stimme des Bäckers an. Er kam an die Tür und grüßte. Er war ein sanfter, gutmütiger Alter und erschien, wie meine Mutter sagte, schon seit vielen Jahren jeden Tag um dieselbe Stunde und brachte, auf seinem Esel sitzend, das köstliche noch warme Brot; in seinen beiden bis zum Rand gefüllten Eisenkiepen gab es jede Art: Laibe, Stangen, Schmalzgebäck, Kringel …

Mama wählte aus, was es an diesem Tag geben sollte, und meine Schwester Jesus bekam das Brot in ihr Körbchen gelegt. Der Alte zog weiter, während wir unseren Vorrat auf dem mit glänzendem Wachstuch bedeckten Esszimmertisch liegen ließen und die Tiere füttern gingen. Wir nahmen Maiskolben, lösten über einem Korb die dicht beieinander sitzenden Körner ab und betraten den Hof, wo die Tiere uns umringten. Tauben flogen auf, im Streit um die Körner hackten die Hühner nacheinander, und mittendrin tummelten sich die Kaninchen. Nach ihrem einfachen Mahl stellten sie sich in Gruppen um uns herum auf. Die Ziege kam heran und rieb ihren Kopf an unseren Beinen, die Küken piepsten, ängstlich näherten sich die weißen Kaninchen mit den langen Ohren,

con sus largas orejas, sus redondos ojos brillantes y su boca de niña presumida; los patitos, recién «sacados», amarillos como la yema de huevo, trepaban en un *panto* de agua; cantaba, desde su rincón, entrabado el *Carmelo*, y el pavo, siempre orgulloso, alharaquero y antipático, hacía por desdeñarnos, mientras los patos, balanceándose como dueñas sordas, hacían, por lo bajo, comentarios, sobre la actitud poco gentil del petulante.

Aquel día, mientras contemplábamos a los discretos animales, escapóse del corral *El Pelado*, un pollón sin plumas, que parecía uno de aquellos jóvenes de diez y siete años, flacos y golosos. Pero *El Pelado*, a más de eso, era pendenciero y escandaloso, y aquel día mientras la paz era en el corral y los otros comían el modesto grano, él, en pos de mejores viandas, habíase encaramado en la mesa del comedor y roto varias piezas de nuestra limitada vajilla.

En el almuerzo tratóse de suprimirlo, y, cuando mi padre supo sus fechorías dijo, pausadamente:

– Nos lo comeremos el domingo …

Defendiólo mi tercer hermano, Anfiloquio, su poseedor, suplicante y lloroso. Dijo que era un gallo que haría crías espléndidas. Agregó que desde que había llegado el *Carmelo* todos miraban mal al *Pelado*, que antes era la esperanza del corral y el único que mantenía la aristocracia de la afición y de la sangre fina.

– ¿Cómo no matan – decía en su defensa del gallo – a los patos que no hacen más que ensuciar el agua, ni al cabrito que el otro día aplastó un pollo, ni al puerco que todo lo enloda y sólo sabe comer y gritar, ni a las palomas que traen la mala suerte …

den glänzenden runden Augen und den hochmütigen Mädchenmündern, die frisch geschlüpften, eigelben Entchen kletterten in eine Wanne voll Wasser, an seinem Hahnenband krähte in seiner Ecke *Carmelo*, und der stets aufgeblasene, wichtigtuerische, unsympathische Truthahn betrachtete uns mit größtmöglicher Herablassung, während die Enten, die angewatschelt kamen wie dicke Marktweiber, leise Bemerkungen über das wenig liebenswürdige Betragen des eitlen Gecken anstellten.

Als wir an jenem Tag den verständigen und genügsamen Tieren zusahen, entwischte *Pelado*, der *Kahle*, aus dem Hof; es war ein junger Hahn ohne Federn, er sah aus wie so ein schmächtiger und verwöhnter Siebzehnjähriger, war jedoch dabei ein streitsüchtiger Unruhestifter An jenem Tag also war er, während auf dem Hof einträchtiger Friede herrschte und die übrigen Tiere ihr bescheidenes Korn fraßen, auf der suche nach feinerer Speise auf den Esstisch gesprungen und hatte mehrere Stücke unseres nicht übermäßig zahlreichen Geschirrs zerbrochen.

Bei Tisch versuchte man die Sache zu übergehen, doch als mein Vater von der Untat erfuhr, sagte er ruhig:

«Am Sonntag essen wir ihn ...»

Mit Bitten und Flehen verteidigte ihn sein Besitzer, mein Bruder Antiloquio, der drittälteste von uns. Er sagte, der *Kahle* sei ein Hahn, der großartigen Nachwuchs hervorbringen würde. Und er fügte hinzu: seit *Carmelos* Ankunft sähen alle abschätzig auf ihn herab, obwohl er bis dahin die Hoffnung des Hofes gewesen war und der einzige, der die Vornehmheit und Reinheit seines Blutes aufrechterhalte.

«Warum tötet ihr nicht die Enten?» sagte er, indem er seinen Hahn verteidigte, «Was tun sie anderes, als das Wasser schmutzig machen? Oder den Ziegenbock, der neulich ein Küken totgetreten hat, oder das Schwein, das alles verdreckt und nichts kann als fressen und grunzen, oder die Tauben, die nur Unglück bringen ...»

Se adujo razones. El cabrito era un bello animal, de suave piel, alegre, simpático, inquieto, cuyos cuernos apenas apuntaban; además, no estaba comprobado que hubiera muerto al pollo. El puerco mofletudo había sido criado en casa desde pequeño. Y las palomas, con sus alas de abanico, eran la nota blanca, subíanse a la cornisa a conversar en voz baja, hacían sus nidos con amoroso cuidado y se sacaban el maíz del buche para darlo a sus polluelos.

El pobre *Pelado* estaba condenado. Mis hermanos pidieron que se le perdonase; pero las roturas eran valiosas y el infeliz sólo tenía un abogado, mi hermano y su señor, de poca influencia. Viendo ya perdida su defensa y estando la audiencia al final, pues iban a partir la sandía, inclinó la cabeza. Dos gruesas lágrimas cayeron sobre el plato, como un sacrificio, y un sollozo se ahogó en su garganta. Callamos todos.

Levantóse mi madre, acercóse al muchacho, lo besó en la frente, y le dijo: – No llores: no nos lo comeremos …

III

Quien sale de Pisco, de la plazuela sin nombre, salitrosa y tranquila, vecina a la Estación y torna por la calle del Castillo, que hacia el sur se alarga, encuentra, al terminar, una plazuela pequeña, donde quemaban a Judas el Domingo de Pascua de Resurrección, desolado lugar en cuya arena verdeguean a trecho las malvas silvestres. Al lado del Poniente, en vez de casas, extiende el mar su manto verde, cuya espuma teje complicados encajes al besar la húmeda orilla.

Termina en ella el puerto, y, siguiendo hacia el

Dagegen gab es Einwände: Der Ziegenbock war ein schönes Tier mit weichem Fell, fröhlich, angenehm und lebhaft, dessen Hörner sich gerade erst zeigten, außerdem war nicht bewiesen, dass er das Küken getötet hatte. Das pausbäckige Schwein war von klein auf im Hause großgezogen worden. Und die Tauben mit ihren fächerartigen Flügeln setzten einen weißen Akzent, sie flogen hinauf zum Gesims, um sich leise zu unterhalten, bauten mit liebevoller Sorgfalt ihre Nester und holten sich gegenseitig den Mais aus dem Kropf, um ihn den kleinen Täubchen zu geben.

Das Urteil über den armen *Kahlen* war gefällt. Meine Geschwister baten, man möge ihn begnadigen, aber der angerichtete Schaden war beträchtlich, und der Unglückliche hatte nur einen einzigen Verteidiger, meinen Bruder, seinen wenig einflussreichen Herrn. Als er sah, dass seine Verteidigung gescheitert und die Anhörung beendet war, denn man ging daran, die Wassermelone aufzuschneiden, senkte er den Kopf, und wie bei einer Opferung fielen zwei dicke Tränen auf seinen Teller. Ein unterdrückter Schluchzer war zu vernehmen. Allgemeines Schweigen. Meine Mutter stand auf, ging zu ihm, küsste ihn auf die Stirn und sagte: «Weine nicht: wir werden ihn nicht essen ...»

III

Wer Pisco verlässt, wer von dem stillen, salpetrigen Platz ohne Namen in der Nähe des Bahnhofs in die kleine Calle del Castillo einbiegt, die in südlicher Richtung verläuft, stößt am Ende auf einen kleinen Platz, wo am Ostersonntag immer der Judas verbrannt wurde, ein trostloser Ort, in dessen Sand hier und da wilde Malven wachsen. Im Westen breitet statt Häusern das Meer seinen grünen Mantel aus; sein Schaum bildet ein kompliziertes Spitzengeflecht, wenn er das feuchte Ufer küsst.

Hier endet der Hafen; weiter Richtung Süden läuft man

sur, se va, por estrecho y arenoso camino, teniendo a diestra el mar y a izquierda mano angostísima faja, ora fértil, ora infecunda, pero escarpada siempre, detrás de la cual, a oriente, extiéndese el desierto cuya entrada vigilan, de trecho en trecho, como centinelas, una que otra palmera desmedrada, alguna higuera nervuda y enana y los «toñuces» siempre coposos y frágiles. Ondea en el terreno la «hierba del alacrán», verde y jugosa al nacer, quebradiza en sus mejores días, y en la vejez, bermeja como sangre de buey. En el fondo del desierto, como si temieran su silenciosa aridez, las palmeras únense en pequeños grupos, tal como lo hacen los peregrinos al cruzarlo y ante el peligro los hombres.

Siguiendo el camino, divísase en la costa, en la borrosa y vibrante vaguedad marina, San Andrés de los Pescadores, la aldea de sencillas gentes, que eleva sus casuchas entre la rumorosa orilla y el estéril desierto. Allí, las palmeras se multiplican y las higueras dan sombra a los hogares, tan plácida y fresca, que parece que no fueran malditas del buen Dios o que su maldición hubiera caducado; que bastante castigo recibió la que sostuvo en sus ramas al traidor, y todas sus flores dan frutos que al madurar revientan.

En tan peregrina aldea, de caprichoso plano, levántanse las casuchas de frágil caña y estera leve, junto a las palmeras que a la puerta vigilan; limpia y brillante, reposando en la arena blanda sus caderas amplias, duerme, a la puerta, el bote pescador, con sus velas plegadas, sus remos tendidos como tranquilos brazos que descansan, entre los cuales yacen con su muda y simbólica majestad, el timón

auf einem engen, sandigen Weg, zur Rechten das Meer, zur Linken einen überaus schmalen Streifen Land, das, bald fruchtbar, bald unfruchtbar, überall steil emporsteigt, dahinter breitet sich gegen Osten die Wüste aus, deren Zugang immer wieder wie von Schildwachen von der ein oder anderen kümmerlichen Palme oder einem stämmigen, zwergwüchsigen Feigenbaum oder einem der stets dichtbelaubten, empfindlichen «Toñuz»-Büsche beschützt wird. Über das Erdreich breitet sich wellenförmig das «Skorpionskraut», das, anfangs grün und saftig, zu seiner besten Zeit spröde und zerbrechlich und im Alter rot wie Ochsenblut wird. Wüsteneinwärts drängen sich die Palmen in kleinen Gruppen zusammen, als fürchteten sie die geräuschlose Ödnis, wie Pilger, die sich anschicken, sie zu durchqueren, oder wie Menschen in Gefahr.

Dem Weg folgend erblickt man küstenabwärts verschwommen und undeutlich im zitternden Dunst das Fischerdorf San Andres, einen von einfachen Leuten bewohnten Ort, dessen Häuschen sich zwischen dem vom Tosen des Meeres erfüllten Ufer und der Leere der Wüste erheben. Dort nimmt die Anzahl der Palmen zu, und die Feigenbäume spenden einen so wohltuenden und erfrischenden Schatten, dass man glauben könnte, sie seien niemals vom lieben Gott verflucht worden, oder der Fluch sei inzwischen aufgehoben, denn es war schon Strafe genug für die eine, die den Verräter auf ihren Ästen tragen musste, dass all ihre Blüten zu Früchten wurden, die aufplatzen, sobald sie reif sind.

In diesem absonderlichen Dorf mit seinem eigenwilligen Grundriss stehen neben den Palmen, die die Eingänge bewachen, kleine Häuser aus sprödem Schilfrohr und leichten, geflochtenen Matten; die breiten Hüften in den weichen Sand gebettet, schläft sauber und glänzend vor der Tür das Fischerboot, mit eingeholten Segeln, die Ruder wie zwei im Schlaf ausgebreitete Arme, dazwischen in stummer symbolischer Erhabenheit das anmutige Steuerruder, der Kürbis, um das

grácil, la calabaza que «achica» el agua mar afuera y las sogas retorcidas como serpientes que duermen. Cubre, piadosamente, la pequeña nave, cual blanca mantilla, la pescadora red circundada de caireles de liviano corcho.

En las horas del mediodía, cuando el aire en la sombra invita al sueño, junto a la nave, teje la red el pescador abuelo; sus toscos dedos añudan el lino que ha de enredar al sorprendido pez; raspa la abuela el plateado lomo de los que la víspera trajo la nave; saltan al sol, como chispas, las escamas y el perro husmea en los despojos. Al lado, en el corral que cercan enormes huesos de ballenas, trepan los chiquillos desnudos sobre el asno pensativo, o se tuestan al sol en la orilla; mientras, bajo la ramada, el más fuerte pule un remo, la moza, fresca y ágil, saca agua del pozuelo y las gaviotas alborozadas recorren la mansión humilde dando gritos extraños.

Junto al bote, duerme el hombre del mar, el fuerte mancebo, embriagado por la brisa caliente y por la tibia emanación de la arena, su dulce sueño de justo, con el pantalón corto, las musculosas pantorrillas cruzadas, y en cuyos duros pies, de redondos dedos, piérdense, como escamas, las diminutas uñas. La cara tostada por el aire y el sol, la boca entreabierta que deja pasar la respiración tranquila, y el fuerte pecho desnudo que se levanta rítmicamente, con el ritmo de la Vida, el más armonioso que Dios ha puesto sobre el mundo.

Por las calles no transitan al mediodía las personas y nada turba la paz de aquella aldea, cuyos habitantes no son más numerosos que los dátiles de sus veinte palmeras. Iglesia ni cura habían, en mi tiempo, las gentes de San Andrés. Los domingos, al

Wasser ins Meer «zurückzubefördern», und, wie schlafende Schlangen, die verschlungenen Taue. Fürsorglich bedeckt das ringsum mit einem Besatz aus leichtem Kork versehene Fischernetz das kleine Schiff wie eine weiße Mantille.

In den Mittagsstunden, wenn die Luft im Schatten zum Schlafen einlädt, knüpft der Großvater der Fischer neben dem Schiff ein Netz; seine derben Finger verknoten den Flachs, in dem sich der überraschte Fisch verfangen soll, die Großmutter schabt den silbrigen Rücken der Fische ab, die das Schiff am Vorabend gebracht hat; die Schuppen springen in der Sonne wie Funken, und in den Abfällen schnüffelt der Hund. Daneben, in dem Hof mit seinem Zaun aus riesigen Walfischknochen, klettern nackte Kinder auf einen nachdenklichen Esel oder lassen sich am Ufer in der Sonne bräunen; zur selben Zeit schnitzt der Kräftigste von ihnen unter dem Blätterdach an einem Ruder, während ein junges Mädchen frisch und behend Wasser aus dem kleinen Brunnen schöpft, und die Möwen aufgeregt über der bescheidenen Ansiedlung hin und herfliegen und seltsame Schreie ausstoßen.

Neben dem Schiff schläft berauscht von der warmen Brise und der sanften Wärme, die vom Sand aufsteigt, der Fischer den süßen Schlaf des Gerechten, ein kräftiger junger Bursche in kurzen Hosen, die Waden über Kreuz; an den harten Füßen mit den runden Zehen verschwinden klein wie Schuppen die winzigen Zehennägel. Das Gesicht ist von Wind und Sonne gebräunt, der Mund leicht geöffnet, so dass ruhig der Atem ein und ausgehen kann, und die entblößte, starke Brust hebt und senkt sich gleichmäßig, im harmonischsten Rhythmus, den Gott auf Erden hat werden lassen: im Rhythmus des Lebens.

Um die Mittagszeit ist niemand auf den Straßen zu sehen, nichts stört den Frieden jenes Dorfes, das nicht mehr Einwohner zählt, als Datteln an seinen zwanzig Palmen hängen, Zu meiner Zeit hatten die Leute von San Andres weder eine Kirche noch einen Priester. Sonntags beim ersten Tageslicht

clarear el alba, iban al puerto, con los jumentos cargados de corvinas frescas y luego, en la capilla, cumplían con Dios. Buenas gentes, de dulces rostros, tranquilo mirar, morigeradas y sencillas, indios de la más pura cepa, descendientes remotos y ciertos de los hijos del Sol, cruzaban a pie todos los caminos; como en la Edad Feliz del Inca, atravesaban en caravana inmensa la costa para llegar al templo y oráculo del buen Pachacamac, con la ofrenda en la alforja, la pregunta en la memoria y la Fe en el sencillo espíritu.

Jamás riña alguna manchó sus claros anales; morales y austeros, labios de marido besaron siempre labios de esposa; y el amor, fuente inagotable de odios y maldecires, era, entre ellos, tan normal y apacible como el agua de sus pozos. De fuertes padres, nacían, sin comadronas, rozagantes muchachos, en cuyos miembros la piel hacía gruesas arrugas; aires marinos henchían sus pulmones, y crecían sobre la arena caldeada, bajo el sol ubérrimo, hasta que aprendían a lanzarse al mar y a manejar los botes de piquete que zozobrando en las olas, les enseñaban a domeñar la marina furia.

Maltones, musculosos, inocentes y buenos, pasaban su juventud hasta que el cura de Pisco unía a las parejas, que formaban un nuevo nido, compraban un asno y se lanzaban a la felicidad, mientras las tortugas centenarias del hogar paterno, veían desenvolverse, impasibles, las horas; filosóficas, cansadas y pesimistas, mirando con llorosos ojos desde la playa, el mar, al cual no intentaban volver nunca; y al crepúsculo de cada día, lloraban, lloraban, pero hundido el sol, metían la cabeza bajo la concha poliédrica y dejaban pasar la vida llenas

trieben sie ihre mit frischem Adlerfisch beladenen Esel zum Hafen und erfüllten dort in der Kapelle ihre Pflicht vor Gott. Gute Leute, mit sanften Gesichtern, ruhigem Blick, bescheiden und anständig, unverfälschte Indios, ferne, aber unbezweifelbare Abkömmlinge der Söhne der Sonne, liefen sie zu Fuß auf allen Wegen, wie in den glücklichen Tagen des Inka zogen sie in nicht enden wollender Karawane durch das Küstengebiet, unterwegs zum Tempel und Orakel des guten Pachacamac, in der Satteltasche das Opfer, im Gedächtnis die Frage und in ihrem einfachen Geist den Glauben.

Nie befleckte je ein Streit ihre reinen Annalen; sittsam und streng küssten stets nur die Lippen des Ehemannes die seiner ihm anvertrauten Frau, und die Liebe, nie versiegender Quell von Hass und Feindseligkeiten, war unter ihnen etwas so Normales und Friedvolles wie das Wasser ihrer Brunnen. Von kräftigen Eltern wurden ohne Arzt noch Hebamme prächtige Kinder zur Welt gebracht, an deren Gliedmaßen die Haut in dicken Falten lag, Seeluft füllte ihre Lungen, und auf dem durchwärmten Sand und im übervollen Sonnenlicht wuchsen sie heran, bis sie lernten, sich aufs Meer hinauszuwagen und die spitzschnäbligen Schiffe zu führen, die ihnen, indem sie in den Wellen umschlugen, beibrachten, wie man die Wut des Meeres bezähmt.

Hoch aufgeschossen, muskulös, unschuldig und gut durchlebten sie ihre Jugend, bis der Priester aus Pisco die Paare vereinigte, die ein neues Nest bauten, einen Esel kauften und sich aufmachten in ihr Glück, während im Haus der Eltern die hundertjährigen Schildkröten gleichgültig zusahen, wie die Zeit verstrich, philosophisch, müde, pessimistisch, mit tränenden Augen vom Strand aus das Meer betrachtend, wohin sie nie zurückzukehren versuchten. Tag für Tag weinten sie in der Abenddämmerung, weinten und weinten, doch sobald die Sonne untergegangen war, zogen sie den Kopf unter ihren vieleckigen Panzer und ließen das Leben seinen Lauf nehmen,

de experiencia, sin Fe, lamentándose siempre del perenne mal, pero inactivas, inmóviles, infecundas, y solas ...

IV

Esbelto, magro, musculoso y austero, su afilada cabeza roja era la de un hidalgo altivo caballeroso, justiciero y prudente. Agallas bermejas, delgada cresta de encendido color, ojos vivos y redondos, mirada fiera y perdonadora, acerado pico agudo. La cola hacía un arco de plumas tornasol, su cuerpo de color carmelo avanzaba en el pecho audaz y duro. Las piernas fuertes que estacas musulmanas y agudas defendían, cubiertas de escamas, parecían las de un armado caballero medioeval.

Una tarde, mi padre, después del almuerzo, nos dio la noticia. Había aceptado una apuesta para la jugada de gallos de San Andrés, el 28 de julio. No había podido evitarlo. Le habían dicho que el *Carmelo,* cuyo prestigio era mayor que el del Alcalde, no era un gallo de raza. Molestóse mi padre. Cambiáronse frases y apuestas; y aceptó. Dentro de un mes toparía al *Carmelo,* con el *Ajiseco* de otro aficionado, famoso gallo vencedor, como el nuestro, en muchas lides singulares. Nosotros recibimos la noticia con profundo dolor. *El Carmelo* iría a un combate y a luchar a muerte, cuerpo a cuerpo, con un gallo más fuerte y más joven. Hacía ya tres años que estaba en casa, había él envejecido mientras crecíamos nosotros; ¿por qué aquella crueldad de hacerlo pelear? ...

Llegó el terrible día. Todos en casa estábamos tristes. Un hombre había venido seis días seguidos

im reichen Besitz ihrer Erfahrungen, ohne Glauben und immerzu das ewigwährende Übel beklagend, dabei untätig, reglos, unfruchtbar und einsam …

IV

Schmal, mager, muskulös und ernst, glich sein roter Kopf dem eines ritterlich-stolzen, gerechtigkeitsliebenden und umsichtigen Hidalgo. Leuchtendroter Kinnlappen, ein schmaler, feuerfarbener Kamm, lebhafte runde Augen, ein verwegener und zugleich großmütiger Blick, scharfer, spitzer Schnabel. Die Schwanzfedern warfen einen schillernden Bogen, der tabakbraune Leib wölbte sich zu einer kühnen und festen Brust. Und die kräftigen, schuppenbedeckten und mit spitzen mohammedanischen Lanzen bewehrten Beine schienen Teil einer mittelalterlichen Ritterrüstung.

Eines Tages nach dem Mittagessen verkündete mein Vater die große Nachricht: Er hatte für den achtundzwanzigsten Juli eine Herausforderung zum Hahnenkampf in San Andres angenommen. Es war ihm nicht möglich gewesen, abzulehnen. Man hatte zu ihm gesagt, *Carmelo*, der den Bürgermeister an Ansehen übertraf, sei kein wirklicher Hahn von Rasse. Mein Vater war verärgert. Hin und her flogen die Worte und Wetten; und schließlich nahm er an. In einem Monat würde er *Carmelo* gegen den *Ajiseco* kämpfen lassen, den berühmten Hahn eines anderen Züchters, der wie der unsrige aus vielen aufsehenerregenden Kämpfen als Sieger hervorgegangen war. Die Nachricht erfüllte uns mit großer Trauer. *Carmelo* würde gegen einen stärkeren und jüngeren Hahn in einen Kampf auf Leben und Tod, Körper gegen Körper, geschickt. Drei Jahre lebte er jetzt bei uns, und während wir heranwuchsen, war er alt geworden. Wozu diese Grausamkeit? Warum sollte er noch einmal kämpfen? …

Der schreckliche Tag kam. Allgemeine Trauer bei uns zu Hause. Sechs Tage hintereinander war ein Mann gekommen,

a preparar el *Carmelo*. A nosotros ya no nos permitían ni verlo. El día 28 de julio, por la tarde, vino el preparador y de una caja llena de algodones, sacó una media luna de acero con unas pequeñas correas: era la navaja, la espada del soldado. El hombre la limpiaba, probándola en la uña, delante de mi padre. A los pocos minutos, en silencio, con una calma trágica, sacaron al gallo que el hombre cargó en sus brazos como a un niño. Un criado llevaba la cuchilla y mis dos hermanos lo acompañaron.

– ¡Qué crueldad! – dijo mi madre.

Lloraban mis hermanas, la más pequeña, Jesús, me dijo en secreto, antes de salir:

– Oye, anda junto con él ... Cuídalo ... ¡Pobrecito! ...

Llevóse la mano a los ojos, echóse a llorar y yo salí precipitadamente y hube de correr unas cuadras para poder alcanzarlos.

Llegamos a San Andrés. El pueblo estaba de fiesta. Banderas peruanas agitábanse sobre las casas por el día de la Patria, que allí sabían celebrar con una gran jugada de gallos a la que solían ir todos los hacendados y ricos hombres del valle. En ventorrillos, a cuya entrada había arcos de sauce envueltos en colgaduras, y de los cuales pendían alegres quitasueños de cristal, vendían *chicha de bonito,* butifarras, pescado fresco asado en brasas y anegado en cebollones y vinagre. El pueblo los invadía, parlanchín y endomingado con sus mejores trajes. Los hombres de mar lucían camisetas nuevas de horizontales franjas rojas y blancas, sombrero de *junco,* alpargatas y pañuelos anudados al cuello.

um *Carmelo* vorzubereiten. Wir durften ihn nicht mehr sehen. Am achtundzwanzigsten Juli kam nachmittags sein Fechtmeister und holte aus einer mit Watte ausgelegten Schachtel einen stählernen Halbmond mit ein paar kurzen Lederriemen dran: das Messer, das Kampfschwert des Soldaten. Der Mann säuberte es und probierte es vor den Augen meines Vaters an seinem Fingernagel aus. Wenige Minuten später brachte man unter völligem Schweigen, inmitten einer tragischen Stille, den Hahn, den der Mann wie ein Kind auf seinen Armen davontrug. Einer unserer Hausangestellten nahm die Klinge, und meine beiden Brüder begleiteten ihn.

«Was für eine Quälerei!» sagte meine Mutter.

Meine Schwestern weinten, die jüngere, Jesus, sagte vor dem Hinausgehen heimlich zu mir:

«Du, bleib in seiner Nähe … Pass auf ihn auf … Der Ärmste! …»

Sie schlug die Hände vors Gesicht und begann zu weinen, während ich aus dem Haus stürzte; ich musste einige Häuser weit laufen, bis ich die anderen eingeholt hatte.

Wir kamen nach San Andres. Im Dorf wurde gefeiert. Peruanische Fahnen wehten über den Häusern, denn es war der Tag des Vaterlandes, den man dort mit einem großen Hahnenkampf zu begehen pflegte, zu dem die Gutsbesitzer und die anderen reichen Leute aus dem ganzen Tal kamen. In kleinen Schänken, deren Eingänge mit bunten Tüchern umwickelte Weidenbögen schmückten, an denen lustig blinkende Glasperlenspiele hingen, verkaufte man *Thunfischsuppe*, Rauchwürste und gegrillten und zusammen mit Zwiebeln in Essig gelegten Fisch. Aus allen Richtungen strömte das Volk zusammen, fröhlich schwatzend und in seinen besten Sonntagskleidern. Die Fischer trugen neue, quergestreifte, rot-weiße Hemden, Strohhüte, Leinenschuhe und Tücher um den Hals.

Nos encaminamos a la *cancha*. Una frondosa higuera daba acceso al circo, bajo sus ramas enarcadas. Mi padre, rodeado de algunos amigos, se instaló. Al frente estaba el juez y a su derecha el dueño del paladín *Ajiseco*. Sonó una campanilla, acomodáronse las gentes y empezó la fiesta. Salieron por lugares opuestos dos hombres, llevando cada uno un gallo. Lanzáronlos al ruedo con singular ademán. Brillaron las cuchillas, miráronse los adversarios, dos gallos de débil contextura, y uno de ellos cantó. Colérico respondió el otro echándose al medio del circo; miráronse fijamente; alargaron los cuellos, erizadas las plumas, y se acometieron. Hubo ruido de alas, plumas que volaron, gritos de la muchedumbre y a los pocos segundos de jadeante lucha, cayó uno de ellos. Su cabecita afilada y roja, besó el suelo, y la voz del juez:

– Ha enterrado el pico, señores!

Batió las alas el vencedor. Aplaudió la multitud enardecida, y ambos gallos, sangrando, fueron sacados del ruedo. La primera jornada había terminado. Ahora entraba el nuestro, el *Caballero Carmelo*. Un rumor de expectación vibró en el circo.

– El *Ajiseco y* el *Carmelo*!

– Cien soles de apuesta! ...

Sonó la campanilla del juez y yo empecé a temblar.

En medio de la expectación general salieron los dos hombres, cada uno con su gallo. Se hizo un profundo silencio y soltaron a los dos rivales. Nuestro *Carmelo* al lado del otro era un gallo viejo y achacoso; todos apostaban al enemigo, como augurio de que nuestro gallo iba a morir.

Wir begaben uns zum Kampfplatz Ein dichtbelaubter Feigenbaum gab den Weg frei zur Arena, die sich unter seinen weitausladenden Ästen befand. Von mehreren Freunden umgeben, bezog mein Vater seine Stellung. Gegenüber stand der Kampfrichter, rechts von ihm der Besitzer des streitbaren *Ajiseco*. Ein Glöckchen läutete, die Leute machten es sich bequem, und das Fest begann. Auf einander gegenüberliegenden Seiten traten zwei Männer vor, jeder einen Hahn im Arm. Mit einer speziellen Bewegung beförderten sie sie auf die Kampfbahn. Die Klingen blinkten, die Gegner, zwei schlecht gebaute Hähne, sahen sich an, und einer von ihnen krähte. Der andere erwiderte zornig und stieß in die Kreismitte vor; beide starrten sich an, reckten die Hälse und gingen mit gesträubten Federn aufeinander los. Man hörte Flügelschlagen, Federn flogen durch die Luft, die Menge schrie, und nach wenigen Sekunden keuchenden Kampfes fiel einer der beiden zu Boden. Sein spitzer, roter Kopf küsste die Erde, und die Stimme des Kampfrichters ertönte:

«Er hat den Schnabel geschlossen, meine Herren!»

Der Sieger schlug mit den Flügeln. Die erhitzte Menge applaudierte, und beide Hähne wurden blutend vom Platz getragen. Die erste Runde war zu Ende. Jetzt war unserer an der Reihe, der *Held Carmelo*. Ein erwartungsvolles Raunen ging durch die Menge ringsum.

«*Ajiseco* gegen *Carmelo*!»

«Setze hundert Soles! ...»

Das Glöckchen des Kampfrichters läutete, und ich begann zu zittern.

Inmitten der allgemeinen Erwartung erschienen die beiden Männer, jeder mit seinem Hahn. Tiefe Stille trat ein, und sie ließen die beiden aufeinander los. Neben dem anderen war unser *Carmelo* ein alter gebrechlicher Hahn, alles setzte auf seinen Widersacher, was wie eine Vorankündigung schien, dass unser Hahn sterben würde. Gewiss gab es den einen oder ande-

No faltó aficionado que anunciara el triunfo del *Carmelo*, pero la mayoría de las apuestas favorecía al adversario. Una vez frente al enemigo, el *Carmelo* empezo a picotear, agitó las alas y cantó estentóreamente. El otro, que en verdad no parecía ser un gallo fino de distinguida sangre y alcurnia, hacía cosas tan petulantes cuan humanas; miraba con desprecio a nuestro gallo y se paseaba como dueño de la cancha. Enardeciéronse los ánimos de los adversarios, llegaron al centro y alargaron sus erizados cuellos, tocándose los picos sin perder terreno. El *Ajiseco* dio la primera embestida; entablóse la lucha; las gentes presenciaban en silencio la singular batalla y yo rogaba a la Virgen que sacara con bien a nuestro paladín.

Batíase él con todos los aires de un experto luchador, acostumbrado a las artes azarosas de la guerra. Cuidaba poner las patas armadas en el enemigo pecho, jamás picaba a su adversario – que tal cosa es cobardía –, mientras que éste, bravucón y necio, todo quería hacerlo a aletazos y golpes de fuerza. Jadeantes, se detuvieron un segundo. Un hilo de sangre corría por la pierna del *Carmelo*. Estaba herido, mas parecía no darse cuenta de su dolor. Cruzáronse nuevas apuestas en favor del *Ajiseco y* las gentes felicitaban ya al poseedor del menguado. En un nuevo encuentro, el *Carmelo* cantó, acordándose de sus tiempos y acometió con tal furia que desbarató al otro de un solo impulso. Levantóse éste y la lucha fue cruel e indecisa. Por fin, una herida grave hizo caer al *Carmelo*, jadeante ...

ren Liebhaber, der einen Sieg *Carmelos* voraussagte, aber die Mehrheit der Einsätze ging doch zugunsten seines Widersachers. Sobald er vor seinem Gegner stand, hackte *Carmelo* mit dem Schnabel in seine Richtung, schlug mit den Flügeln und krähte aus vollem Hals. Der andere, der wohl kein wirklich edler Hahn von vornehmer Rasse und Herkunft war, zeigte ein ebenso anmaßendes wie menschliches Benehmen: Er warf unserem Hahn verächtliche Blicke zu und stolzierte, als wäre er der Platzherr persönlich. Die Gemüter der beiden Widersacher erhitzten sich zusehends, sie gelangten in die Mitte des Kreises und streckten mit gesträubten Federn die Hälse vor, bis ihre Schnäbel sich berührten, ohne dass einer zurückgewichen wäre. *Ajiseco* unternahm den ersten Angriff, der Kampf entbrannte, schweigend sahen die Leute dem Zweikampf zu, und ich flehte die Heilige Jungfrau an, sie möge unseren Kämpen heil aus der Schlacht heimkehren lassen.

Er schlug sich ganz nach Art eines erfahrenen Kämpfers, dem die gefährlichen Unwägbarkeiten der Kriegskunst vertraut sind. Er konzentrierte sich darauf, dem Feind die bewaffneten Füße auf die Brust zu setzen, nie hackte er mit dem Schnabel nach ihm – das tun nur Feiglinge –, während dieser, prahlerisch und töricht, sein Glück nur mit Flügelschlagen und gewaltigem Hacken versuchte. Keuchend hielten sie einen Moment lang inne. Ein feiner Blutfaden lief an *Carmelos* Bein herab. Er war verletzt, schien dem Schmerz jedoch keine Beachtung zu schenken. Neue Wetten zugunsten des *Ajiseco* wurden abgeschlossen, und die Leute gratulierten bereits dem Besitzer jenes Elenden. Bei einem erneuten Zusammentreffen krähte *Carmelo,* als erinnerte er sich früherer Zeiten, und fiel den anderen mit solcher Wut an, dass er ihn mit einem einzigen Stoß umwarf. Jener erhob sich, und der Kampf wurde grausam, und ohne dass es zu einer Entscheidung kam, fortgesetzt. Schließlich ließ eine schwere Verletzung Carmelo keuchend zu Boden gehen …

– ¡Bravo! ¡Bravo el *Ajiseco*! – gritaron sus partidarios, creyendo ganada la prueba.

Pero el juez, atento a todos los detalles de la lucha y con acuerdo de cánones dijo:

– ¡Todavía no ha enterrado el pico, señores!

En efecto, incorporóse el *Carmelo*. Su enemigo, como para humillarlo, se acercó a él, sin hacerle daño. Nació entonces, en medio del dolor de la caída, todo el coraje de los gallos de *Caucato*. Incorporado el *Carmelo*, como un soldado herido acometió de frente y definitivo sobre su rival, con una estocada que lo dejó muerto en el sitio. Fue entonces cuando el *Carmelo* que se desangraba, se dejó caer, después que el *Ajiseco* había enterrado el pico. La jugada estaba ganada y un clamoreo incesante se levantó en la cancha. Felicitaron a mi padre por el triunfo, y como esa era la jugada más interesante, se retiraron del circo, mientras resonaba un grito entusiasta:

– ¡Viva el *Carmelo*!

Yo y mis hermanos lo recibimos y lo condujimos a casa, atravesando por la orilla del mar el pesado camino, y soplando aguardiente bajo las alas del triunfador que desfallecía.

V

Dos días estuvo el gallo sometido a toda clase de cuidados. Mi hermana Jesús y yo, le dábamos maíz, se lo poníamos en el pico: pero el pobrecito no podía comerlo ni incorporarse. Una gran tristeza reinaba en la casa. Aquel segundo día, después del colegio, cuando fuimos yo y mi hermana a verlo, lo encontramos tan decaído que nos hizo llorar. Le dábamos agua con nuestras manos, le acariciábamos,

«Bravo! Bravo *Ajiseco*!» riefen dessen Anhänger, im Glauben, der Kampf sei gewonnen.

Doch der Kampfrichter, der aufmerksam jede Einzelheit des Kampfes verfolgte und die Regeln genau beachtete, sagte:

«Noch ist der Schnabel nicht geschlossen, meine Herren!»

Und in der Tat, *Carmelo* richtete sich langsam wieder auf Wie um ihn zu demütigen, näherte sein Gegner sich ihm, ohne anzugreifen. Da erhob sich inmitten des von dem Sturz verursachten Schmerzes der zornige Mut der Hähne aus dem Caucato-Tal. Als er sich, einem verletzten Soldaten gleich, wieder ganz aufgerichtet hatte, stürzte sich *Carmelo* von vorn und mit einem so endgültigen Hieb auf seinen Rivalen, dass er ihn auf der Stelle tötete. Erst nachdem *Ajiseco* den Schnabel endgültig geschlossen hatte, sank *Carmelo* blutend zu Boden. Der Kampf war gewonnen, und ein nicht endenwollendes Geschrei erhob sich über der Kampfbahn. Man beglückwünschte meinen Vater zu dem Erfolg, und da dies der interessanteste Kampf gewesen war, zog man sich von der Wettstätte zurück, indes weiter der begeisterte Ruf ertönte:

«Hoch lebe *Carmelo*!»

Meine Brüder und ich bekamen ihn zurück und brachten ihn nach Hause, auf dem beschwerlichen Weg entlang der Küste, wobei wir Branntwein unter die Flügel des Siegers bliesen, der immer wieder das Bewusstsein verlor.

V

Zwei Tage lang ließen wir dem Hahn jede erdenkliche Pflege zukommen. Meine Schwester Jesus und ich gaben ihm Mais, schoben ihn ihm in den Schnabel; aber der Ärmste konnte ihn weder essen noch konnte er sich aufrichten. Im ganzen Haus war große Trauer. Als meine Schwester und ich am zweiten Tag von der Schule kamen und nach ihm sahen, fanden wir ihn so entkräftet vor, dass wir weinen mussten. Wir reichten ihm in der hohlen Hand Wasser, streichelten ihn,

le poníamos en el pico rojos granos de granada. De pronto el gallo se incorporó. Caía la tarde y por la ventana del cuarto donde estaba, entró la luz sangrienta del crepúsculo. Acercóse a la ventana, miró la luz, agitó débilmente las alas y estuvo largo rato en la contemplación del cielo. Luego abrió nerviosamente las alas de oro, enseñoreóse y cantó. Retrocedió unos pasos, inclinó el tornasolado cuello sobre el pecho, tembló, desplomóse, estiró sus débiles patitas escamosas, y mirándonos, mirándonos amoroso, expiró apaciblemente.

Echamos a llorar. Fuimos en busca de mi madre, y ya no lo vimos más. Sombría fue la comida aquella noche. Mi madre no dijo una sola palabra y bajo la luz amarillenta del lamparín, todos nos mirábamos en silencio. Al día siguiente, en el alba, en la agonía de las sombras nocturnas, no se oyó su canto alegre.

Así pasó por el mundo aquel héroe ignorado, aquel amigo tan querido de nuestra niñez: el *Caballero Carmelo,* flor y nata de paladines, y último vástago de aquellos gallos de sangre y de raza, cuyo prestigio unánime fue el orgullo, por muchos años, de todo el verde y fecundo valle de Caucato.

schoben ihm rote Granatapfelkerne in den Schnabel. Da richtete er sich auf. Der Abend brach an, und in das Fenster des Zimmers, in dem er war, fiel das blutrote Licht der Dämmerung. Er näherte sich dem Fenster, sah in das Licht, schlug matt mit den Flügeln und blieb lange Zeit in den Anblick des Himmels versunken. Dann breitete er aufgeregt die goldenen Flügel aus, richtete sich zu seiner vollen Größe auf und krähte. Er machte einige Schritte zurück, legte den schillernden Hals auf die Brust, zitterte, sank zu Boden, streckte die müden schuppigen Füße von sich und tat, indem er uns ansah, liebevoll ansah, friedlich den letzten Atemzug.

Wir brachen in Tränen aus und suchten die Mutter. Ihn sahen wir nie wieder. In düsterer Stimmung saßen wir beim Abendessen. Meine Mutter sagte kein Wort, und im gelblichen Licht des Lämpchens sahen wir uns schweigend an. Am Morgen des nächsten Tages, als die Schatten der Nacht wichen, war kein fröhliches Krähen zu hören.

So ging er durch die Welt, jener unbekannte Held, jener so zärtlich geliebte Freund unserer Kindertage: der *Held Carmelo,* die vornehmste Blüte der fahrenden Ritterschaft und der letzte Spross jenes Hahnengeschlechtes von edlem Geblüt und reiner Rasse, dessen unangefochtenes Ansehen viele Jahre lang der Stolz des ganzen grünen und fruchtbaren Caucato-Tales gewesen ist.

Maria Luisa Bombal
El árbol

El pianista se sienta, tose por prejuicio y se concentra un instante. Las luces en racimo que alumbran la sala declinan lentamente hasta detenerse en un resplandor mortecino de brasa, al tiempo que una frase musical comienza a subir en el silencio, a desenvolverse, clara, estrecha y juiciosamente caprichosa.

«Mozart, tal vez» – piensa Brígida. Como de costumbre se ha olvidado de pedir el programa. «Mozart, tal vez, o Scarlatti …» ¡Sabía tan poca música! Y no era porque no tuviese oído ni afición. De niña fue ella quien reclamó lecciones de piano; nadie necesitó imponérselas, como a sus hermanas. Sus hermanas, sin embargo, tocaban ahora correctamente y descifraban a primera vista, en tanto que ella … Ella había abandonado los estudios al año de iniciarlos. La razón de su inconsecuencia era tan sencilla como vergonzosa: jamás había conseguido aprender la llave de Fa, jamás. «No comprendo, no me alcanza la memoria más que para la llave de Sol». ¡La indignación de su padre! «¡A cualquiera le doy esta carga de un infeliz viudo con varias hijas que educar! ¡Pobre Carmen!, seguramente habría sufrido por Brígida. Es retardada esta criatura».

Brígida era la menor de seis niñas todas diferentes de carácter. Cuando el padre llegaba por fin a su sexta hija, lo hacía tan perplejo y agotado por las cinco primeras que prefería simplificarse el día declarándola retardada. «No voy a luchar más, es inútil. Déjenla. Si no quiere estudiar, que no estudie. Si le gusta pasarse en la cocina, oyendo cuen-

Maria Luisa Bombal
Der Baum

Der Pianist nimmt Platz, räuspert sich gewohnheitsmäßig und sammelt sich eine kleine Weile. Die traubenartig angeordneten Lichter, die den Saal erhellen, werden langsam schwächer, bis sie nur noch mattglühend schimmern. Zur gleichen Zeit beginnt in der Stille eine musikalische Phrase aufzusteigen, sich zu entfalten, klar, schmal und auf verhaltene Art eigensinnig.

«Mozart vielleicht», denkt Brígida. Wie üblich hat sie vergessen, das Programm zu verlangen. «Mozart vielleicht, oder Scarlatti ...» Sie kannte so wenig Musik! Und nicht etwa, weil sie kein Gehör oder keine Neigung dafür hätte. Als Kind war sie es, die auf Klavierstunden bestand, niemand musste sie dazu zwingen, wie ihre Schwestern. Ihre Schwestern jedoch spielten jetzt fehlerfrei und sogar vom Blatt, während sie ... Sie hatte das Studium nach einem Jahr aufgegeben. Der Grund ihrer Unbeständigkeit war ebenso einfach wie beschämend: sie hatte es nie fertiggebracht, den Bass-Schlüssel zu erlernen. Niemals. «Ich verstehe es nicht, mein Verstand reicht nur bis zum Violinschlüssel.» Die Empörung ihres Vaters! «Die Last eines unseligen Witwers, der mehrere Töchter großziehen muss, würde ich gern jedem anderen aufbürden! Arme Carmen! Sicherlich hätte sie wegen Brígida gelitten. Dieses Kind ist zurückgeblieben.»

Brígida war die jüngste von sechs Mädchen ganz verschiedener Wesensart. Als der Vater endlich zu seiner sechsten Tochter kam, war er so ratlos und erschöpft von den ersten fünf, dass er es vorzog, sich das Leben zu vereinfachen: er erklärte sie für zurückgeblieben. «Ich will mich nicht mehr abmühen, es ist zwecklos. Lasst sie. Wenn sie nicht lernen will, lernt sie eben nicht. Wenn es ihr gefällt, sich in der Küche

tos de ánimas, allá ella. Si le gustan las muñecas a los dieciséis años, que juegue». Y Brígida había conservado sus muñecas y permanecido totalmente ignorante.

¡Qué agradable es ser ignorante! ¡No saber exactamente quién fue Mozart; desconocer sus orígenes, sus influencias, las particularidades de su técnica! Dejarse solamente llevar por él de la mano, como ahora.

Y Mozart la lleva, en efecto. La lleva por un puente suspendido sobre un agua cristalina que corre en un lecho de arena rosada. Ella está vestida de blanco, con un quitasol de encaje, complicado y fino como una telaraña, abierto sobre el hombro.

– Estás cada día más joven, Brígida. Ayer encontré a tu marido, a tu ex marido, quiero decir. Tiene todo el pelo blanco.

Pero ella no contesta, no se detiene, sigue cruzando el puente que Mozart le ha tendido hacia el jardín de sus años juveniles.

Altos surtidores en los que el agua canta. Sus dieciocho años, sus trenzas castañas que desatadas le llegaban hasta los tobillos, su tez dorada, sus ojos oscuros tan abiertos y como interrogantes. Una pequeña boca de labios carnosos, una sonrisa dulce y el cuerpo más liviano y gracioso del mundo. ¿En qué pensaba, sentada al borde de la fuente? En nada. «Es tan tonta como linda» decían. Pero a ella nunca le importó ser tonta ni «planchar» en los bailes. Una a una iban pidiendo en matrimonio a sus hermanas. A ella no la pedía nadie.

¡Mozart! Ahora le brinda una escalera de mármol azul por donde ella baja entre una doble fila de lirios de hielo. Y ahora le abre una verja de barrotes con puntas doradas para que ella pueda echarse al cuello

aufzuhalten und Geistergeschichten anzuhören, so soll sie. Wenn sie noch als Sechzehnjährige mit Puppen spielen will, soll sie spielen.» Und Brígida hatte ihre Puppen behalten und war vollkommen unwissend geblieben.

Wie angenehm ist es, unwissend zu sein! Nicht genau zu wissen, wer Mozart war, in Unkenntnis seiner Ursprünge, seiner Einflüsse, der Eigenheiten seiner Technik! Sich einfach von ihm an die Hand nehmen zu lassen, wie jetzt.

Und Mozart nimmt sie tatsächlich an die Hand. Er führt sie auf einer Hängebrücke über kristallklares Wasser, das in einem Bett von rosa Sand fließt. Brígida ist weiß gekleidet, über der Schulter trägt sie einen geöffneten Sonnenschirm aus Spitze, feingesponnen wie Spinnweben.

«Du siehst jeden Tag jünger aus, Brígida. Gestern traf ich deinen Mann, deinen ehemaligen Mann, meine ich. Er hat ganz weißes Haar.»

Doch sie antwortet nicht, bleibt nicht stehen, geht weiter auf der Brücke, die Mozart ihr zum Garten ihrer Jugendjahre gespannt hat.

Hohe Fontänen in denen das Wasser singt. Ihre achtzehn Jahre, ihre kastanienbraunen Zöpfe, die gelöst bis an die Knöchel reichten, ihre goldene Haut, ihre dunklen Augen so offen wie fragend. Ein kleiner Mund mit vollen Lippen ein süßes Lächeln, und der leichteste, anmutigste Körper der Welt. Woran dachte sie, als sie am Rand des Springbrunnens saß? An nichts. «Sie ist so dumm wie sie hübsch ist», sagte man. Doch ihr machte es nie etwas aus, dumm und an den Tanzabenden ein Mauerblümchen zu sein. Ihre Schwestern heirateten, eine nach der anderen. Um Brígidas Hand hielt niemand an.

Mozart! Jetzt bietet er ihr eine blaue Marmortreppe, auf der sie zwischen einer Doppelreihe von Eis-Lilien herabsteigt. Und jetzt öffnet er ihr ein Eisengitter mit vergoldeten Spitzen, damit sie sich Luis, dem besten Freund ihres

de Luis, el amigo íntimo de su padre. Desde muy niña, cuando todos la abandonaban, corría hacia Luis. Él la alzaba y ella le rodeaba el cuello con los brazos, entre risas que eran como pequeños gorjeos y besos que le disparaba aturdidamente sobre los ojos, la frente y el pelo ya entonces canoso (¿es que nunca había sido joven?) como una lluvia desordenada. «Eres un collar – le decía Luis –. Eres como un collar de pájaros».

Por eso se había casado con él. Porque al lado de aquel hombre solemne y taciturno no se sentía culpable de ser tal cual era: tonta, juguetona y perezosa. Sí, ahora que han pasado tantos años comprende que no se había casado con Luis por amor; sin embargo, no atina a comprender por qué, por qué se marchó ella un día, de pronto ...

Pero he aquí que Mozart la toma nerviosamente de la mano y, arrastrándola en un ritmo segundo a segundo más apremiante, la obliga a cruzar el jardín en sentido inverso, a retomar el puente en una carrera que es casi una huida. Y luego de haberla despojado del quitasol y de la falda transparente, le cierra la puerta de su pasado con un acorde dulce y firme a la vez, y la deja en una sala de conciertos, vestida de negro, aplaudiendo maquinalmente en tanto crece la llama de las luces artificiales.

De nuevo la penumbra y de nuevo el silencio precursor.

Y ahora Beethoven empieza a remover el oleaje tibio de sus notas bajo una luna de primavera. ¡Qué lejos se ha retirado el mar! Brígida se interna playa adentro hacia el mar contraído allá lejos, refulgente y manso, pero entonces el mar se levanta, crece tranquilo, viene a su encuentro, la envuelve, y con suaves olas la va empujando, empujando por la espalda

Vaters, an den Hals werfen kann. Schon als kleines Mädchen, wenn sie von allen allein gelassen wurde, lief sie zu Luis. Er hob sie hoch, und sie schlang die Arme um seinen Hals, ihr Lachen klang wie Gezwitscher und die Küsse, die sie ihm stürmisch auf die Augen, auf die Stirn, auf das schon damals graue Haar (war er denn niemals jung gewesen?) drückte, wirkten wie ein heftiger Regen. «Du bist eine Halskette», sagte Luis zu ihr, «du bist wie ein Vogelkettchen.»

Deshalb hatte sie ihn geheiratet. Weil sie sich neben diesem ernsten, wortkargen Mann nicht schuldig fühlte, so zu sein, wie sie war: dumm, verspielt und träge. Ja, jetzt, da so viele Jahre vergangen sind, ist ihr klar, dass sie Luis nicht aus Liebe geheiratet hatte. Trotzdem kann sie nicht verstehen, warum, warum sie eines Tages wegging, ganz plötzlich …

Doch siehe da, Mozart nimmt sie unruhig an die Hand und zerrt sie mit sich, in einem Rhythmus, der von Sekunde zu Sekunde dringender wird, er zwingt sie den Garten in umgekehrter Richtung zu durchqueren und hastig, fast schon fliehend, wieder die Brücke zu betreten. Und nachdem er ihr den Sonnenschirm und den durchsichtigen Rock entwendet hat, schließt er die Tür zu ihrer Vergangenheit mit einem süßen und gleichzeitig nachdrücklichen Akkord ab und lässt sie in einem Konzertsaal zurück, schwarzgekleidet, mechanisch klatschend, während die Flamme der künstlichen Beleuchtung langsam größer wird.

Wieder das Halbdunkel und wieder das erwartungsvolle Schweigen.

Und jetzt beginnt Beethoven unter einem Frühlingsmond den sachten Wellengang seiner Noten aufzuwühlen. Wie weit das Meer zurückgewichen ist! Brígida dringt strandwärts vor zum fernen, zurückgezogenen, still glitzernden Meer. Doch nun erhebt sich das Meer, ruhig wächst es, kommt auf sie zu, hüllt sie ein und schiebt sie mit sanften Wellen, schiebt ihren Rücken an, bis sie mit der Wange an

hasta hacerle recostar la mejilla sobre el cuerpo de un hombre. Y se aleja, dejándola olvidada sobre el pecho de Luis.

– No tienes corazón, no tienes corazón – solía decirle a Luis. Latía tan adentro el corazón de su marido que no pudo oírlo sino rara vez y de modo inesperado –. Nunca estás conmigo cuando estás a mi lado – protestaba en la alcoba, cuando antes de dormirse él abría ritualmente los periódicos de la tarde –. ¿Por qué te has casado conmigo?

– Porque tienes ojos de venadito asustado contestaba él y la besaba. Y ella, súbitamente alegre, recibía orgullosa sobre su hombro el peso de su cabeza cana. ¡Oh, ese pelo plateado y brillante de Luis!

– Luis, nunca me has contado de qué color era exactamente tu pelo cuando eras chico, y nunca me has contado tampoco lo que dijo tu madre cuando te empezaron a salir canas a los quince años. ¿Qué dijo? ¿Se rió? ¿Lloró? ¿Y tú estabas orgulloso o tenías vergüenza? Y en el colegio, tus compañeros, ¿qué decían? Cuéntame, Luis, cuéntame ...

– Mañana te contaré. Tengo sueño, Brígida, estoy muy cansado. Apaga la luz.

Inconscientemente él se apartaba de ella para dormir, y ella inconscientemente, durante la noche entera, perseguía el hombro de su marido, buscaba su aliento, trataba de vivir bajo su aliento, como una planta encerrada y sedienta que alarga sus ramas en busca de un clima propicio.

Por las mañanas, cuando la mucama abría las persianas, Luis ya no estaba a su lado. Se había levantado sigiloso y sin darle los buenos días, por temor al collar de pájaros que se obstinaba en retenerlo fuertemente por los hombros. «Cinco minutos, cin-

einem Männerkörper lehnt. Dann entfernt es sich und lässt sie selbstvergessen auf der Brust von Luis ruhen.

«Du hast kein Herz, du hast kein Herz», pflegte sie Luis zu sagen. So tief im Innern schlug das Herz ihres Mannes, dass sie es nur ganz selten, und dann ganz unerwarteterweise, hören konnte. «Du bist nie bei mir, wenn du neben mir bist», beschwerte sie sich im Schlafzimmer, wenn er vor dem Einschlafen gewohntermaßen die Abendzeitungen aufschlug. «Warum hast du mich geheiratet!»

«Weil du die Augen eines erschrockenen Rehleins hast», antwortete er und küsste sie. Und sie, plötzlich wieder vergnügt, empfing stolz auf ihrer Schulter das Gewicht seines ergrauten Kopfes. Oh dieses silberne, glänzende Haar von Luis!

«Luis, du hast mir nie genau erzählt, welche Farbe dein Haar hatte, als du klein warst, und du hast mir auch nie erzählt, was deine Mutter gesagt hat, als du mit fünfzehn schon grau wurdest. Was hat sie gesagt? Hat sie gelacht? Geweint? Und du, warst du stolz darauf oder hast du dich geschämt? Und in der Schule, was haben deine Kameraden gesagt? Erzähl mir, Luis, erzähl mir …»

«Morgen erzähl ich es dir. Ich bin müde, Brígida, ich bin sehr müde. Mach das Licht aus.»

Unbewusst drehte er sich zum Einschlafen weg von ihr, und sie verfolgte unbewusst die ganze Nacht lang die Schulter ihres Mannes, suchte seinen Atem, versuchte unter seinem Atem zu leben, wie eine eingeschlossene durstige Pflanze, die auf der Suche nach einem geeigneten Klima ihre Zweige ausstreckt.

Wenn morgens das Hausmädchen die Jalousien öffnete, war Luis schon nicht mehr an ihrer Seite. Er war ganz leise aufgestanden, ohne ihr guten Morgen zu sagen, aus Angst vor der Vogelkette, die ihn hartnäckig und mit aller Kraft an den Schultern zurückhalten wollte. «Fünf Minuten, nicht

co minutos nada más. Tu estudio no va a desaparecer porque te quedes cinco minutos más conmigo, Luis».

Sus despertares. ¡Ah, qué tristes sus despertares! Pero – era curioso – apenas pasaba a su cuarto de vestir, su tristeza se disipaba como por encanto.

Un oleaje bulle, bulle muy lejano, murmura como un mar de hojas. ¿Es Beethoven? No.

Es el árbol pegado a la ventana del cuarto de vestir. Le bastaba entrar para que sintiese circular en ella una gran sensación bienhechora. ¡Qué calor hacía siempre en el dormitorio por las mañanas! ¡Y qué luz cruda! Aquí, en cambio, en el cuarto de vestir, hasta la vista descansaba, se refrescaba. Las cretonas desvaídas, el árbol que desenvolvía sombras como de agua agitada y fría por las paredes, los espejos que doblaban el follaje y se ahuecaban en un bosque infinito y verde. ¡Qué agradable era ese cuarto! Parecía un mundo sumido en un acuario. ¡Cómo parloteaba ese inmenso gomero! Todos los pájaros del barrio venían a refugiarse en él. Era el único árbol de aquella estrecha calle en pendiente que, desde un costado de la ciudad, se despeñaba directamente al río.

– «Estoy ocupado. No puedo acompañarte ... Tengo mucho que hacer, no alcanzo a llegar para el almuerzo ... Hola, sí, estoy en el club. Un compromiso. Come y acuéstate ... No. No sé. Más vale que no me esperes, Brígida».

– ¡Si tuviera amigas! – suspiraba ella. Pero todo el mundo se aburría con ella. ¡Si tratara de ser un poco menos tonta! ¿Pero cómo ganar de un tirón tanto terreno perdido? Para ser inteligente hay que empezar desde chica, ¿no es verdad?

A sus hermanas, sin embargo, los maridos las llevaban a todas partes, pero Luis – ¿por qué no había

mehr als fünf Minuten. Dein Büro wird nicht verschwinden, wenn du fünf Minuten länger bei mir bleibst, Luis.»

Ihr Erwachen. Ach, wie traurig war immer ihr Erwachen! Aber, wie seltsam, kaum war sie in ihrem Ankleidezimmer verflog ihre Traurigkeit wie durch einen Zauber.

Ganz weit weg rollen, rollen die Wellen, murmeln wie ein Blättermeer. Ist es Beethoven? Nein.

Es ist der Baum vor dem Fenster des Ankleidezimmers. Es genügte, dass sie den Raum betrat, und schon spürte sie, wie ein herrlich wohltuendes Gefühl sie durchströmte. Wie warm es immer morgens im Schlafzimmer war! Und welch unbarmherziges Licht! Hier dagegen, im Ankleideraum, ruhten sogar die Augen aus, erfrischten sich. Die verblassten Baumwollgardinen, der Baum, der seinen Schatten wie aufgewühltes kaltes Wasser an die Wände warf, die Spiegel, die das Laub verdoppelten und sich in einen endlosen grünen Wald ausdehnten. Wie freundlich war dieses Zimmer! Es wirkte wie eine in ein Aquarium getauchte Welt. Wie geschwätzig, dieser riesige Gummibaum! Alle Vögel der Nachbarschaft suchten Schutz in ihm. Es war der einzige Baum in dieser engen abschüssigen Straße, die von einer Seite der Stadt her direkt zum Fluss abfiel.

«Ich bin beschäftigt. Ich kann dich nicht begleiten … Ich habe viel zu tun, ich schaffe es nicht, zum Mittagessen zu kommen … Hallo, ja, ich bin im Club. Eine Verabredung. Iss und geh zu Bett … Nein, ich weiß nicht. Besser, du wartest nicht auf mich, Brígida.»

«Wenn ich Freundinnen hätte!» seufzte sie. Doch alle langweilten sich mit ihr. Wenn sie versuchen würde, etwas weniger dumm zu sein! Doch wie kann man von einem Tag zum andern so viel verlorenes Land zurückgewinnen? Um intelligent zu sein, muss man von klein auf anfangen, nicht wahr?

Die Männer ihrer Schwestern allerdings nahmen ihre Frauen überall hin mit; nur Luis – warum sollte sie es nicht

de confesárselo a sí misma? – se avergonzaba de ella, de su ignorancia, de su timidez y hasta de sus dieciocho años. ¿No le había pedido acaso que dijera que tenía por lo menos veintiuno, como si su extrema juventud fuera en ellos una tara secreta?

Y de noche ¡qué cansado se acostaba siempre! Nunca la escuchaba del todo. Le sonreía, eso sí, le sonreía con una sonrisa que ella sabía maquinal. La colmaba de caricias de las que él estaba ausente. ¿Por qué se había casado con ella? Para continuar una costumbre, tal vez para estrechar la vieja relación de amistad con su padre.

Tal vez la vida consistía para los hombres en una serie de costumbres consentidas y continuas. Si alguna llegaba a quebrarse, probablemente se producía el desbarajuste, el fracaso. Y los hombres empezaban entonces a errar por las calles de la ciudad, a sentarse en los bancos de las plazas, cada día peor vestidos y con la barba más crecida. La vida de Luis, por lo tanto, consistía en llenar con una ocupación cada minuto del día. ¡Cómo no haberlo comprendido antes! Su padre tenía razón al declararla retardada.

– Me gustaría ver nevar alguna vez, Luis.

– Este verano te llevaré a Europa y como allá es invierno podrás ver nevar.

– Ya sé que es invierno en Europa cuando aquí es verano. ¡Tan ignorante no soy!

A veces, como para despertarlo al arrebato del verdadero amor, ella se echaba sobre su marido y lo cubría de besos, llorando, llamándolo: Luis, Luis, Luis …

– ¿Qué? ¿Qué te pasa? ¿Qué quieres?

– Nada.

– ¿Por qué me llamas de ese modo, entonces?

– Por nada, por llamarte. Me gusta llamarte.

sich selber eingestehen? – schämte sich ihrer wegen ihrer Unwissenheit, wegen ihrer Schüchternheit und sogar wegen ihrer achtzehn Jahre. Hatte er sie nicht gebeten zu sagen, sie sei mindestens einundzwanzig, als wäre ihre große Jugend für beide ein geheimer Makel?

Und abends! Wie müde er immer zu Bett ging! Nie hörte er ihr richtig zu. Er lächelte, ja, er lächelte mit diesem Lächeln, von dem sie wusste, dass es rein mechanisch war. Er überschüttete sie mit Liebkosungen, wobei er jedoch abwesend war. Warum hatte er sie geheiratet? Um eine Gewohnheit fortzusetzen, vielleicht, um die alte Freundschaft mit ihrem Vater zu vertiefen.

Vielleicht bestand die für Männer das Leben aus einer Reihe von gutgeheißenen ständigen Gewohnheiten. Sobald eine zerbrach, war vermutlich das Durcheinander, das Versagen da. Und dann fingen die Männer an, durch die Straßen der Stadt zu irren, sich auf die Bänke der Plazas zu setzen, von Tag zu Tag schlechter angezogen und mit immer längerem Bart. Folglich bestand das Leben von Luis darin, jede Minute des Tages mit einer Beschäftigung auszufüllen. Warum hatte sie das nicht schon vorher begriffen! Ihr Vater hatte recht, als er sie für zurückgeblieben erklärte.

«Ich würde gerne einmal sehen wie es schneit, Luis.»

«Diesen Sommer nehme ich dich mit nach Europa, und da dort Winter ist, wirst du sehen wie es schneit.»

«Ich weiß schon, dass in Europa Winter ist, wenn wir hier Sommer haben. So unwissend bin ich nicht!»

Manchmal, um ihn zu wahrer Liebesleidenschaft zu ermuntern, warf sie sich auf ihren Mann und bedeckte ihn mit Küssen, weinte und rief: Luis, Luis, Luis …

«Was? Was ist mit dir? Was willst du?»

«Nichts.»

«Warum rufst du dann auf diese Weise meinen Namen?»

«Nur so, um nach dir zu rufen. Ich sage gern deinen Namen.»

Y él sonreía, acogiendo con benevolencia aquel nuevo juego.

Llegó el verano, su primer verano de casada. Nuevas ocupaciones impidieron a Luis ofrecerle el viaje prometido.

– Brígida, el calor va a ser tremendo este verano en Buenos Aires. ¿Por qué no te vas a la estancia con tu padre?

– ¿Sola?

– Yo iría a verte todas las semanas, de sábado a lunes.

Ella se había sentado en la cama, dispuesta a insultar. Pero en vano buscó palabras hirientes que gritarle. No sabía nada, nada. Ni siquiera insultar.

– ¿Qué te pasa? ¿En qué piensas, Brígida?

Por primera vez Luis había vuelto sobre sus pasos y se inclinaba sobre ella, inquieto, dejando pasar la hora de llegada a su despacho.

– Tengo sueño – había replicado Brígida puerilmente, mientras escondía la cara en las almohadas.

Por primera vez él la había llamado desde el club a la hora del almuerzo. Pero ella había rehusado salir al teléfono, esgrimiendo rabiosamente el arma aquella que había encontrado sin pensarlo: el silencio.

Esa misma noche comía frente a su marido sin levantar la vista, contraídos todos sus nervios.

– ¿Todavía estás enojada, Brígida?

Pero ella no quebró el silencio.

– Bien sabes que te quiero, collar de pájaros. Pero no puedo estar contigo a toda hora. Soy un hombre muy ocupado. Se llega a mi edad hecho un esclavo de mil compromisos.

...

¿Quieres que salgamos esta noche? ...

...

Und er lächelte, wohlwollend spielte er das neue Spiel mit.

Der Sommer kam, der erste Sommer in ihrer Ehe. Neue Geschäfte hinderten Luis daran, die versprochene Reise mit ihr anzutreten.

«Brígida, es wird diesen Sommer in Buenos Aires wahnsinnig heiß. Warum fährst du nicht mit dem Vater aufs Land?»

«Allein?»

«Ich käme dich jede Woche besuchen, von Sonnabend bis Montag.»

Sie hatte sich im Bett aufgesetzt, bereit, ihn zu beleidigen. Doch vergebens suchte sie verletzende Worte, um sie ihm an den Kopf zu werfen. Sie konnte nichts, nichts. Nicht einmal beleidigen.

«Was hast du? Woran denkst du, Brígida?»

Zum ersten Mal war Luis wieder umgekehrt und beugte sich beunruhigt über sie und ließ die Zeit verstreichen, so dass er nicht pünktlich ins Büro kommen konnte.

«Ich bin müde», hatte Brígida einfältig geantwortet und das Gesicht in den Kissen versteckt.

Zum ersten Mal hatte er sie zur Mittagszeit vom Club aus angerufen. Doch sie hatte sich geweigert, ans Telefon zu gehen. Sie hatte wütend die Waffe geschwungen, die sie ohne großes Nachdenken gefunden hatte: das Schweigen.

Am selben Abend saß sie beim Essen ihrem Mann gegenüber, ohne den Blick zu heben, alle Nerven angespannt.

«Bist du immer noch ärgerlich, Brígida?»

Aber sie brach das Schweigen nicht.

«Du weißt sehr gut, dass ich dich liebe, Vogelkettchen. Aber ich kann nicht ständig um dich sein. Ich bin ein sehr beschäftigter Mann. In meinem Alter ist man Sklave von tausend Verpflichtungen.»

…

«Möchtest du, dass wir heute abend ausgehen?»

…

– ¿No quieres? Paciencia. Dime, ¿llamó Roberto desde Montevideo?

…

– ¡Qué lindo traje! ¿Es nuevo?

…

– ¿Es nuevo, Brígida? Contesta, contéstame.

Pero ella tampoco esta vez quebró el silencio.

Y en seguida lo inesperado, lo asombroso, lo absurdo. Luis que se levanta de su asiento, tira violentamente la servilleta sobre la mesa y se va de la casa dando portazos.

Ella se había levantado a su vez, atónita, temblando de indignación por tanta injusticia. «Y yo, y yo – murmuraba desorientada –, yo que durante casi un año … cuando por primera vez me permito un reproche … ¡Ah, me voy, me voy esta misma noche! No volveré a pisar nunca más esta casa …» Y abría con furia los armarios de su cuarto de vestir, tiraba desatinadamente la ropa al suelo.

Fue entonces cuando alguien o algo golpeó en los cristales de la ventana.

Había corrido, no supo cómo ni con qué insólita valentía, hacia la ventana. La había abierto. Era el árbol, el gomero que un gran soplo de viento agitaba, el que golpeaba con sus ramas los vidrios, el que la requería desde afuera como para que lo viera retorcerse hecho una impetuosa llamarada negra bajo el cielo encendido de aquella noche de verano.

Un pesado aguacero no tardaría en rebotar contra sus frías hojas. ¡Qué delicia! Durante toda la noche, ella podría oír la lluvia azotar, escurrirse por las hojas del gomero como por los canales de mil goteras fantasiosas. Durante toda la noche oiría crujir y gemir el viejo tronco del gomero contándole de la in-

«Nein? Dann also nicht. Sag mir, hat Roberto aus Montevideo angerufen?»

...

«Was für ein hübsches Kleid! Ist es neu?»

...

«Ist es neu, Brígida? Antworte, antworte mir.»

Doch auch diesmal brach sie das Schweigen nicht.

Und dann das Unerwartete, das Erstaunliche, das Widersinnige. Luis erhebt sich von seinem Platz, wirft heftig die Serviette auf den Tisch und verlässt, indem er wütend die Türen zuschlägt, das Haus.

Brígida war ebenfalls aufgestanden, verstört, zitternd vor Entrüstung ob solcher Ungerechtigkeit. «Und ich, und ich», murmelte sie ratlos, «ich, die fast ein ganzes Jahr ... und beim ersten Mal, dass ich mir einen Vorwurf erlaube ... Ah, ich gehe, noch heute abend gehe ich! Nie wieder werde ich dies Haus betreten ...» Wütend öffnete sie die Schränke im Ankleideraum, warf wahllos die Wäsche auf den Boden.

In diesem Augenblick klopfte jemand oder etwas an die Fensterscheiben.

Ohne zu wissen wie, noch woher sie den ungewohnten Mut genommen hatte, war sie zum Fenster gelaufen. Sie hatte es geöffnet. Es war der Baum, der Gummibaum, der, von einem starken Windstoß geschüttelt, mit seinen Ästen an die Fenster schlug; der von draußen nach ihr verlangte, damit sie sehen könne, wie er sich, in ein wildes schwarzes loderndes Feuer verwandelt, unter dem leuchtenden Himmel dieser Sommernacht bog.

Nur wenig später würde ein heftiger Regenguss auf seine kalten Blätter trommeln. Eine wahre Wonne! Die ganze Nacht lang würde sie hören können, wie der Regen die Blätter des Gummibaumes peitschte, an ihnen entlang lief wie durch Kanäle von tausend phantastischen Rinnsalen. Die ganze Nacht lang würde sie das Krachen und Stöhnen des alten

temperie, mientras ella se acurrucaría, voluntariamente friolenta, entre las sábanas del amplio lecho, muy cerca de Luis.

Puñados de perlas que llueven a chorros sobre un techo de plata. Chopin. *Estudios* de Federico Chopin.

¿Durante cuántas semanas se despertó de pronto, muy temprano, apenas sentía que su marido, ahora también él obstinadamente callado, se había escurrido del lecho?

El cuarto de vestir: la ventana abierta de par en par, un olor a río y a pasto flotando en aquel cuarto bienhechor, y los espejos velados por un halo de neblina.

Chopin y la lluvia que resbala por las hojas del gomero con ruido de cascada secreta, y parece empapar hasta las rosas de las cretonas, se entremezclan en su agitada nostalgia.

¿Qué hacer en verano cuando llueve tanto?

¿Quedarse el día entero en el cuarto fingiendo una convalecencia o una tristeza? Luis había entrado tímidamente una tarde. Se había sentado muy tieso. Hubo un silencio.

– Brígida, ¿entonces es cierto? ¿Ya no me quieres?

Ella se había alegrado de golpe, estúpidamente. Puede que hubiera gritado: «No, no; te quiero, Luis, te quiero», si él le hubiera dado tiempo, si no hubiese agregado, casi de inmediato, con su calma habitual:

– En todo caso, no creo que nos convenga separarnos, Brígida. Hay que pensarlo mucho.

En ella los impulsos se abatieron tan bruscamente como se habían precipitado. ¡A qué exaltarse inútilmente! Luis la quería con ternura y medida; si alguna vez llegara a odiarla la odiaría con justicia y prudencia. Y eso era la vida. Se acercó a la ventana, apoyó la frente contra el vidrio glacial. Allí estaba el

Baumstammes hören, der ihr von dem Unwetter erzählte, während sie sich, freiwillig fröstelnd, in die Laken des großen Bettes einkuscheln würde, ganz nahe bei Luis.

Kaskaden von Perlen, die in Strömen auf ein silbernes Dach regnen. Chopin. Etüden von Frederic Chopin.

Während wie vieler Wochen erwachte sie plötzlich ganz früh, sobald sie merkte, dass ihr Mann – auch er jetzt hartnäckig schweigend – sich aus dem Bett davongeschlichen hatte?

Der Ankleideraum: Das Fenster steht sperrangelweit offen; ein Duft nach Fluss und Gras schwebt durch das wohltuende Zimmer, die Spiegel sind von Nebelhauch beschlagen.

Chopin und der Regen, der an den Blättern des Gummibaumes mit dem Rauschen eines verborgenen Wasserfalles herabgleitet und sogar die Stoffrosen der Gardinen durchnässt, vermischen sich in ihrer unruhigen Sehnsucht.

Was tun im Sommer, wenn es so viel regnet? Den ganzen Tag im Zimmer bleiben, Bedürfnis nach Ruhe oder Traurigkeit vortäuschend? Eines Nachmittags war Luis schüchtern eingetreten. Hatte sich ganz steif hingesetzt. Es herrschte Schweigen.

«Brígida, es stimmt also? Du liebst mich nicht mehr?»

Sie hatte sich plötzlich gefreut, dummerweise. Vielleicht hätte sie gerufen: «Nein, ich liebe dich Luis, ich liebe dich», wenn er ihr Zeit gelassen hätte, wenn er nicht mit seiner gewohnten Ruhe fast gleich danach weitergesprochen hätte:

«Auf jeden Fall glaube ich nicht, dass es angebracht wäre, uns zu trennen, Brígida. Das muss gut überlegt werden.»

Ihre Erregung verklang genau so schnell wie sie aufgetaucht war. Wozu sich unnötig aufregen! Luis liebte sie, zärtlich und maßvoll. Sollte er sie eines Tages hassen, würde er sie gerecht und mit Vorbedacht hassen. Und das war das Leben. Sie begab sich zum Fenster, lehnte die Stirn an die eiskalte Scheibe. Da stand der Gummibaum, gelassen empfing er den

gomero recibiendo serenamente la lluvia que lo golpeaba, tranquilo y regular. El cuarto se inmovilizaba en la penumbra, ordenado y silencioso. Todo parecía detenerse, eterno y muy noble. Eso era la vida. Y había cierta grandeza en aceptarla así, mediocre, como algo definitivo, irremediable. Mientras del fondo de las cosas parecía brotar y subir una melodía de palabras graves y lentas que ella se quedó escuchando: «Siempre». «Nunca» ...

Y así pasan las horas, los días y los años. ¡Siempre! ¡Nunca! ¡La vida, la vida!

Al recobrarse cayó en cuenta que su marido se había escurrido del cuarto.

¡Siempre! ¡Nunca! ... Y la lluvia, secreta e igual, aún continuaba susurrando en Chopin.

El verano deshojaba su ardiente calendario. Caían páginas luminosas y enceguecedoras como espadas de oro, y páginas de una humedad malsana como el aliento de los pantanos; caían páginas de furiosa y breve tormenta, y páginas de viento caluroso, del viento que trae el «clavel del aire» y lo cuelga del inmenso gomero.

Algunos niños solían jugar al escondite entre las enormes raíces convulsas que levantaban las baldosas de la acera, y el árbol se llenaba de risas y de cuchicheos. Entonces ella se asomaba a la ventana y golpeaba las manos; los niños se dispersaban asustados, sin reparar en su sonrisa de niña que a su vez desea participar en el juego.

Solitaria, permanecía largo rato acodada en la ventana mirando el oscilar del follaje – siempre corría alguna brisa en aquella calle que se despeñaba directamente hasta el río – y era como hundir la mirada

Regen, der ruhig und regelmäßig auf ihn prasselte. Das aufgeräumte und stumme, im Halbdunkel liegende Zimmer kam zum Stillstand. Alles schien stehenzubleiben, ewig und sehr erhaben. Das war das Leben. Es lag eine gewisse Größe darin, es hinzunehmen, mittelmäßig wie es ist, als etwas Endgültiges, Unabänderliches. Während am Grund der Dinge eine Melodie von tiefen, langsamen Worten zu entspringen und emporzusteigen schien, die sie vernahm: «Immer.» «Nie ...»

Und so vergehen die Stunden, die Tage und die Jahre. Immer! Nie! Das Leben, das Leben!

Als sie sich wieder beruhigt hatte, stellte sie fest, dass ihr Mann sich aus dem Zimmer geschlichen hatte.

Immer! Nie! ... Und der Regen, geheimnisvoll und gleichmäßig, flüsterte immer noch Chopins Musik.

Der Sommer entblätterte seinen glühendheißen Kalender. Es fielen Seiten herab, leuchtend und blendend wie goldene Degen, und Seiten von einer ungesunden Feuchtigkeit wie der Atem der Moraste; es fielen Seiten eines heftigen, kurzen Gewitters und Seiten eines heißen Windes, des Windes der die «Luftnelke» bringt und sie an den riesigen Gummibaum hängt.

Ein paar Kinder pflegten zwischen den riesigen, weitverzweigten Wurzeln, die die Gehwegplatten hoben, Versteck zu spielen, und der Baum füllte sich mit Lachen und Getuschel. Dann erschien sie am Fenster und klatschte in die Hände; die Kinder liefen erschrocken auseinander, statt auf das Lächeln eines Mädchens zu achten, das selber mitspielen möchte.

Einsam, wie sie war, blieb sie lange Zeit am Fenster aufgestützt und schaute in das wogende Laub – es blies immer eine sanfte Brise in dieser Straße, die direkt zum Fluss abfiel – und es war, wie wenn man den Blick in ein aufgewühl-

en un agua movediza o en el fuego inquieto de una chimenea. Una podía pasarse así las horas muertas, vacía de todo pensamiento, atontada de bienestar.

Apenas el cuarto empezaba a llenarse del humo del crepúsculo ella encendía la primera lámpara, y la primera lámpara resplandecía en los espejos, se multiplicaba como una luciérnaga deseosa de precipitar la noche.

Y noche a noche dormitaba junto a su marido, sufriendo por rachas. Pero cuando su dolor se condensaba hasta herirla como un puntazo, cuando la asediaba un deseo demasiado imperioso de despertar a Luis para pegarle o acariciarlo, se escurría de puntillas hacia el cuarto de vestir y abría la ventana. El cuarto se llenaba instantáneamente de discretos ruidos y discretas presencias, de pisadas misteriosas, de aleteos, de sutiles chasquidos vegetales, del dulce gemido de un grillo escondido bajo la corteza del gomero sumido en las estrellas de una calurosa noche estival.

Su fiebre decaía a medida que sus pies desnudos se iban helando poco a poco sobre la estera. No sabía por qué le era tan fácil sufrir en aquel cuarto.

Melancolía de Chopin engranando un estudio tras otro, engranando una melancolía tras otra, imperturbable.

Y vino el otoño. Las hojas secas revoloteaban un instante antes de rodar sobre el césped del estrecho jardín, sobre la acera de la calle en pendiente. Las hojas se desprendían y caían ... La cima del gomero permanecía verde, pero por debajo el árbol enrojecía, se ensombrecía como el forro gastado de una suntuosa capa de baile. Y el cuarto parecía ahora sumido en una copa de oro triste.

tes Gewässer eintauchte oder in das unruhige Flackern eines Kaminfeuers. So konnte sie die toten Stunden durchstehen, bar aller Gedanken, benommen von Wohlgefühl.

Sobald sich das Zimmer mit dem Dunst der Dämmerung zu füllen begann, machte sie die erste Lampe an, und die erste Lampe glitzerte in den Spiegeln, vermehrte sich wie ein Glühwürmchen, das ungeduldig auf die Nacht wartet.

Und Nacht für Nacht schlief sie an der Seite ihres Mannes ein, zeitweilig leidend. Doch wenn ihr Schmerz sich zusammenballte und sie schließlich wie mit einem Stich verletzte, wenn eine allzu heftige Lust sie überkam, Luis zu wecken, um ihn zu schlagen oder zu streicheln dann schlich sie auf Zehenspitzen in den Ankleideraum und öffnete das Fenster. Da füllte sich das Zimmer alsbald mit unauffälligen Geräuschen und unauffälligen Anwesenheiten, mit geheimnisvollen Schritten, mit Flattern, mit sanftem Rascheln von Pflanzen, mit dem süßen Klagen einer unter der Rinde des Gummibaumes versteckten Grille, eingetaucht in die Sterne einer warmen Sommernacht.

Ihr Fieber sank in dem Maße, in dem ihre nackten Füße auf der Strohmatte langsam kalt wurden. Sie wusste nicht, warum es ihr so leicht fiel, in diesem Zimmer zu leiden.

Melancholie von Chopin, dessen Etüden eine nach der anderen ineinandergreifen, dessen Melancholien eine nach der anderen ineinandergreifen, unerschütterlich.

Und es kam der Herbst. Die trockenen Blätter flatterten einen Augenblick umher, bevor sie auf den Rasen des schmalen Gartens fielen, auf den Gehsteig der steil abfallenden Straße. Die Blätter lösten sich und fielen … Der Wipfel des Gummibaumes blieb grün, aber darunter wurde der Baum rot, dunkelte nach wie das abgenutzte Futter eines kostbaren festlichen Umhanges. Und das Zimmer schien jetzt wie in einen traurigen goldenen Becher getaucht.

Echada sobre el diván, ella esperaba pacientemente la hora de la cena, la llegada improbable de Luis. Había vuelto a hablarle, había vuelto a ser su mujer, sin entusiasmo y sin ira. Ya no lo quería. Pero ya no sufría. Por el contrario, se había apoderado de ella una inesperada sensación de plenitud, de placidez. Ya nadie ni nada podría herirla. Puede que la verdadera felicidad esté en la convicción de que se ha perdido irremediablemente la felicidad. Entonces empezamos a movernos por la vida sin esperanzas ni miedos, capaces de gozar por fin todos los pequeños goces, que son los más perdurables.

Un estruendo feroz, luego una llamarada blanca que la echa hacia atrás toda temblorosa.

¿Es el entreacto? No. Es el gomero, ella lo sabe.

Lo habían abatido de un solo hachazo. Ella no pudo oír los trabajos que empezaron muy de mañana. «Las raíces levantaban las baldosas de la acera y entonces, naturalmente, la comisión de vecinos ...»

Encandilada se ha llevado las manos a los ojos. Cuando recobra la vista se incorpora y mira a su alrededor. ¿Qué mira?

¿La sala de concierto bruscamente iluminada, la gente que se dispersa?

No. Ha quedado aprisionada en las redes de su pasado, no puede salir del cuarto de vestir. De su cuarto de vestir invadido por una luz blanca aterradora. Era como si hubieran arrancado el techo de cuajo; una luz cruda entraba por todos lados, se le metía por los poros, la quemaba de frío. Y todo lo veía a la luz de esa fría luz: Luis, su cara arrugada, sus manos que surcan gruesas venas desteñidas, y las cretonas de colores chillones.

Auf dem Sofa liegend, wartete sie geduldig auf die Zeit des Abendessens, auf die unwahrscheinliche Ankunft von Luis. Sie sprach wieder mit ihm, sie war wieder seine Frau geworden, ohne Begeisterung und ohne Zorn. Sie liebte ihn nicht mehr. Aber sie litt nicht mehr. Im Gegenteil, ein unerwartetes Gefühl von Ausgefülltsein, von Gelassenheit, hatte sich ihrer bemächtigt. Niemand und nichts würde sie mehr verletzen können. Vielleicht liegt das wahre Glück in der Überzeugung, dass man endgültig das Glück verloren hat. Dann fangen wir an, ohne Hoffnungen und ohne Ängste durch das Leben zu gehen, und sind imstande, uns an all den kleinen Freuden zu erfreuen; es sind die dauerhaftesten.

Ein furchtbares Getöse, dann eine weiße Flamme, die sie zitternd zurückschrecken läßt.

Ist es die Pause? Nein. Es ist der Gummibaum, sie weiß es.

Mit einem einzigen Axtschlag hatten sie ihn gefällt. Sie konnte die Arbeiten nicht hören, die in aller Frühe begannen. «Die Wurzeln haben die Gehwegplatten gehoben und dann, natürlich, die Nachbarschaft ...»

Geblendet hat sie sich mit den Händen die Augen zugehalten. Als sie wieder sehen kann, richtet sie sich auf und sieht um sich. Was sieht sie?

Den plötzlich erhellten Konzertsaal, die Leute, die auseinandergehen?

Nein. Sie ist in den Netzen ihrer Vergangenheit gefangen geblieben, sie kann nicht aus dem Ankleideraum heraus. Aus ihrem Ankleideraum, der jetzt von schrecklichem weißen Licht überflutet ist. Es war, als hätte man das Dach in einem Stück weggerissen; ein grelles Licht kam von allen Seiten herein, drang in ihre Poren, verbrannte sie mit seiner Kälte. Im Schein dieses kalten Lichts sah sie alles: Luis, sein faltiges Gesicht, seine von dicken blassen Adern durchzogenen Hände, die Gardinen mit ihren schreienden Farben.

Despavorida ha corrido hacia la ventana. La ventana abre ahora directamente sobre una calle estrecha, tan estrecha que su cuarto se estrella, casi contra la fachada de un rascacielos deslumbrante. En la planta baja, vidrieras y más vidrieras llenas de frascos. En la esquina de la calle, una hilera de automóviles alineados frente a una estación de servicio pintada de rojo. Algunos muchachos, en mangas de camisa, patean una pelota en medio de la calzada.

Y toda aquella fealdad había entrado en sus espejos. Dentro de sus espejos había ahora balcones de níquel y trapos colgados y jaulas con canarios.

Le habían quitado su intimidad, su secreto; se encontraba desnuda en medio de la calle, desnuda junto a un marido viejo que le volvía la espalda para dormir, que no le había dado hijos. No comprende cómo hasta entonces no había deseado tener hijos, cómo había llegado a conformarse a la idea de que iba a vivir sin hijos toda su vida. No comprende cómo pudo soportar durante un año esa risa de Luis, esa risa demasiado jovial, esa risa postiza de hombre que se ha adiestrado en la risa porque es necesario reír en determinadas ocasiones.

¡Mentira! Eran mentiras su resignación y su serenidad; quería amor, sí, amor, y viajes y locuras, y amor, amor …

– Pero, Brígida, ¿por qué te vas?, ¿por qué te quedabas? – había preguntado Luis.

Ahora habría sabido contestarle:

– ¡El árbol, Luis, el árbol! Han derribado el gomero.

Entsetzt ist sie zum Fenster gerannt. Das Fenster gibt jetzt die Aussicht genau in eine schmale Straße frei, so schmal, dass ihr Zimmer beinahe gegen die Fassade eines alles überstrahlenden Wolkenkratzers knallt. Im Erdgeschoss sind Schaufenster über Schaufenster voller Flaschen und Fläschchen. An der Straßenecke steht eine lange Reihe Autos vor einer rot angestrichenen Tankstelle. Ein paar hemdsärmelige Burschen spielen mit einem Fußball mitten auf der Fahrbahn.

Und all diese Hässlichkeit war in ihre Spiegel eingetreten. In ihren Spiegeln gab es jetzt Nickelbalkone und aufgehängte Lumpen und Käfige mit Kanarienvögeln.

Sie hatten ihr ihre Intimität genommen, ihr Geheimnis; sie fühlte sich nackt, mitten auf der Straße, nackt neben einem alten Ehemann, der ihr beim Einschlafen den Rücken zudrehte, der ihr keine Kinder gegönnt hatte. Sie versteht nicht, dass sie sich bis dahin nie Kinder gewünscht hatte, dass sie sich mit dem Gedanken zufrieden gegeben hatte, ihr ganzes Leben ohne Kinder zu bleiben. Sie versteht nicht, wie sie ein Jahr lang dieses Lachen von Luis ertragen konnte, dieses zu freundliche Lachen, dieses künstliche Lachen eines Mannes, der sich im Lachen geübt hat, weil es bei bestimmten Gelegenheiten notwendig ist, zu lachen.

Lüge! Ihre Selbstaufgabe und ihre Ausgeglichenheit waren Lügen. Liebe wollte sie, ja, Liebe und Reisen und Verrücktheiten, und Liebe, Liebe …

«Aber Brígida, warum gehst du, warum bliebst du?» hatte Luis gefragt.

Jetzt hätte sie die Antwort gewusst:

«Der Baum, Luis, der Baum! Sie haben den Gummibaum gefällt.»

Jorge Luis Borges
El disco

Soy leñador. El nombre no importa. La choza en que nací y en la que pronto habré de morir queda al borde del bosque. Del bosque dicen que se alarga hasta el mar que rodea toda la tierra y por el que andan casas de madera iguales a la mía. No sé; nunca lo he visto. Tampoco he visto el otro lado del bosque. Mi hermano mayor, cuando éramos chicos, me hizo jurar que entre los dos talaríamos todo el bosque hasta que no quedara un solo árbol. Mi hermano ha muerto y ahora es otra cosa la que busco y seguiré buscando. Hacia el poniente corre un riacho en el que sé pescar con la mano. En el bosque hay lobos, pero los lobos no me arredran y mi hacha nunca me fue infiel. No he llevado la cuenta de mis años. Sé que son muchos. Mis ojos ya no ven. En la aldea, a la que ya no voy porque me perdería, tengo fama de avaro pero ¿qué puede haber juntado un leñador del bosque?

Cierro la puerta de mi casa con una piedra para que la nieve no entre. Una tarde oí pasos trabajosos y luego un golpe. Abrí y entró un desconocido. Era un hombre alto y viejo, envuelto en una manta raída. Le cruzaba la cara una cicatriz. Los años parecían haberle dado más autoridad que flaqueza, pero noté que le costaba andar sin el apoyo del bastón. Cambiamos unas palabras que no recuerdo. Al fin dijo:

– No tengo hogar y duermo donde puedo. He recorrido toda Sajonia.

Jorge Luis Borges
Die Münze

Ich bin ein Holzfäller. Der Name tut nichts zur Sache. Die Hütte, in der ich zur Welt kam und in der ich bald sterben werde, steht am Waldrand. Man sagt, dass der Wald sich bis ans Meer hinzieht, das die ganze Welt umgibt, und dass es dort noch mehr so Holzhütten gibt wie meine. Ich weiß es nicht. Ich hab es nie gesehen. Ich hab auch die andere Seite des Waldes nie gesehen. Als wir Kinder waren, ließ mein älterer Bruder mich schwören, dass wir zusammen den ganzen Wald abholzen würden, bis kein einziger Baum übrig bliebe. Mein Bruder ist tot, und jetzt bin ich auf der Suche nach etwas anderem, unentwegt. Nach Westen hin fließt ein Bach, in dem ich mit der Hand fische. Im Wald gibt es viele Wölfe, doch die Wölfe machen mir keine Angst; meine Axt hat mich nie im Stich gelassen. Meine Jahre habe ich nie gezählt. Ich weiß, dass es viele sind. Meine Augen sehen nicht mehr. In dem Dorf, in das ich nicht mehr gehe, weil ich mich verlaufen würde, bin ich als Geizhals verschrieen, aber – was kann ein Holzfäller schon gespart haben?

Ich versperre meine Haustür mit einem Stein, damit der Schnee nicht eindringt. Eines nachmittags hörte ich schwerfällige Schritte und dann einen Schlag. Ich öffnete, und ein Fremder trat herein. Es war ein alter, hochgewachsener Mann, in einen zerschlissenen Umhang gehüllt. Sein Gesicht war von einer Narbe durchkreuzt. Das Alter schien ihn mehr mit Würde als mit Schwäche gezeichnet zu haben, doch ich merkte, dass es ihm schwerfiel, zu gehen, ohne sich auf den Stock zu stützen. Wir wechselten ein paar Worte, an die ich mich nicht erinnere. Schließlich sagte er:

«Ich bin nirgends zu Hause und schlafe, wo es geht. Ich habe das ganze Sachsenland durchquert.»

Esas palabras convenían a su vejez. Mi padre siempre hablaba de Sajonia; ahora la gente dice Inglaterra.

Yo tenía pan y pescado. No hablamos durante la comida. Empezó a llover. Con unos cueros le armé una yacija en el suelo de tierra, donde murió mi hermano. Al llegar la noche dormimos.

Clareaba el día cuando salimos de la casa. La lluvia había cesado y la tierra estaba cubierta de nieve nueva. Se le cayó el bastón y me ordenó que lo levantara.

– ¿Por qué he de obedecerte? – le dije.

– Porque soy un rey – contestó.

Lo creí loco. Recogí el bastón y se lo di.

Habló con una voz distinta.

– Soy rey de los Secgens. Muchas veces los llevé a la victoria en la dura batalla, pero en la hora del destino perdí mi reino. Mi nombre es Isern y soy de la estirpe de Odín.

– Yo no venero a Odín – le contesté –. Yo venero a Cristo.

Como si no me oyera continuó:

– Ando por los caminos del destierro pero aún soy el rey porque tengo el disco. ¿Quieres verlo?

Abrió la palma de la mano que era huesuda. No había nada en la mano. Estaba vacía. Fue sólo entonces que advertí que siempre la había tenido cerrada.

Dijo, mirándome con fijeza:

– Puedes tocarlo.

Ya con algún recelo puse la punta de los dedos sobre la palma. Sentí una cosa fría y vi un brillo. La mano se cerró bruscamente. No dije nada. El otro continuó con paciencia como si hablara con un niño:

Diese Worte passten zu seinem Alter. Mein Vater sprach immer vom Sachsenland; heute sagen die Leute England.

Ich hatte Brot und Fisch. Während des Essens sprachen wir nicht. Es begann zu regnen. Mit ein paar Fellen bereitete ich ihm eine Lagerstätte auf dem Erdboden vor, da, wo mein Bruder gestorben war. Als es Nacht wurde, schliefen wir.

Der Tag brach an, als wir das Haus verließen. Es hatte aufgehört zu regnen, und der Erdboden war mit Neuschnee bedeckt. Sein Stock fiel ihm aus der Hand, und er befahl mir, ihn aufzuheben.

«Warum sollte ich dir gehorchen?» fragte ich.

«Weil ich ein König bin», antwortete er.

Ich hielt ihn für verrückt. Ich hob ihm den Stock auf.

Er sprach mit veränderter Stimme.

«Ich bin der König der Secgen. Oft habe ich sie nach hartem Kampf zum Sieg geführt, aber in der Schicksalsstunde habe ich mein Reich verloren. Mein Name ist Isern, und ich bin vom Geschlecht des Odin.»

«Ich bin kein Verehrer des Odin», erwiderte ich, «ich verehre Christus.»

Als hätte er mich nicht gehört, fuhr er fort:

«Ich ziehe auf den Wegen der Verbannung, aber noch immer bin ich der König, weil ich die Münze habe. Willst du sie sehen?»

Er öffnete seine knochige Hand. In der Hand war nichts. Sie war leer. Erst in diesem Moment fiel mir auf, dass er sie die ganze Zeit geschlossen gehalten hatte.

Mich fest anblickend, sagte er:

«Du kannst sie berühren.»

Etwas misstrauisch geworden, legte ich meine Fingerspitzen auf seine Handfläche. Ich spürte einen kalten Gegenstand und sah einen Glanz. Jäh schloss er die Hand. Ich sagte nichts. Er fuhr fort, so geduldig wie man zu einem Kind spricht:

– Es el disco de Odín. Tiene un solo lado. En la tierra no hay otra cosa que tenga un solo lado. Mientras esté en mi mano seré el rey.

– ¿Es de oro? – le dije.

– No sé. Es el disco de Odín y tiene un solo lado.

Entonces yo sentí la codicia de poseer el disco. Si fuera mío, lo podría vender por una barra de oro y sería un rey.

Le dije al vagabundo que aún odio:

– En la choza tengo escondido un cofre de monedas. Son de oro y brillan como el hacha. Si me das el disco de Odín, yo te doy el cofre.

Dijo tercamente:

– No quiero.

– Entonces – dije – puedes proseguir tu camino.

Me dio la espalda. Un hachazo en la nuca bastó y sobró para que vacilara y cayera, pero al caer abrió la mano y en el aire vi el brillo. Marqué bien el lugar con el hacha y arrastré el muerto hasta el arroyo que estaba muy crecido.

Ahí lo tiré.

Al volver a mi casa busqué el disco. No lo encontré. Hace años que sigo buscando.

«Das ist Odins Münze. Sie hat nur eine Seite. Es gibt sonst auf der Welt nichts, das nur eine Seite hat. Solange ich sie in meiner Hand bewahre, werde ich der König sein.»

«Ist sie aus Gold?» fragte ich.

«Das weiß ich nicht. Es ist Odins Münze, und sie hat nur eine Seite.»

Da überkam mich ein heftiges Verlangen, diese Münze zu besitzen. Wäre sie mein, könnte ich sie für einen Goldbarren verkaufen und wäre ein König.

Ich sagte zu dem Landstreicher, den ich noch heute hasse:

«In der Hütte habe ich eine Kiste mit Geldstücken versteckt. Sie sind aus Gold und glänzen wie diese Axt. Wenn du mir Odins Münze gibst, gebe ich dir die Kiste.»

Hartnäckig sagte er:

«Ich will nicht.»

«Dann», sagte ich, «kannst du weiterziehen.»

Er kehrte mir den Rücken zu. Ein Axthieb in den Nacken war mehr als genug, dass er schwankte und zu Boden fiel. Beim Fallen öffnete er die Hand, in der Luft sah ich etwas glänzen. Ich markierte die Stelle mit der Axt und schleifte den Toten zum Bach, dessen Wasser sehr hoch stand.

Dort warf ich ihn hinein.

Als ich zum Haus zurückkam, suchte ich die Münze. Ich fand sie nicht. Seit Jahren suche ich danach.

Silvina Ocampo
El Moro

Indio volveme mi moro
que me has llevado la vida.

Oía aquella tarde esa canción cantada por Gardel, en la radio del almacén de Tres Arroyos, cuando me enteré por boca de Ireneo, que no era mentiroso, de algo increíble: que en Francia la gente comía carne de caballo, y que al dueño del establecimiento donde yo trabajaba le habían propuesto como negocio (el desgraciado aceptó en el acto) comprarle caballos para mandarlos en barco a Francia.

Yo tenía ocho años. A pesar de mi corta edad, trabajaba de peón como un hombre, mejor que un hombre porque no era haragán. Quizá mi habilidad y diligencia me volvían simpático, pues todos los peones me regalaban algo; es cierto que les hacía parte del trabajo. ¡Pero qué regalos recibía! El más extraordinario que conservo hasta hoy fue aquel par de espuelas con estrellitas de plata.

Yo era el último en acostarme y el primero en levantarme para encender el fogón, cebar mate o ensillar los caballos. A más de Guacho me llamaban Bichofeo, porque era feo, Comadreja, porque robaba huevos de noche, Tero, porque tenía las piernas flacas.

Sabía hacer todo lo que saben hacer los hombres: beber, fumar, jugar a las bochas o a la taba, enlazar, cuerear y otras cosas que no digo. Me gustaban los caballos: eran mi juguete, pero también mi herramienta de trabajo. En la tropilla del desgraciado de don Eusebio (del establecimiento «La Felicidad»,

Silvina Ocampo
Der Grauschimmel

Indio, gib mir meinen Moro zurück,
denn du hast mir mein Leben genommen.

Im Laden von Tres Arroyos hörte ich an jenem Nachmittag im Radio dieses Lied, von Gardel gesungen, als ich von Ireneo, der gewiss kein Lügner ist, etwas Unglaubliches erfuhr: dass in Frankreich die Leute Pferdefleisch essen, und dass man dem Besitzer des Betriebes, in dem ich arbeitete, das Angebot gemacht hatte (und der gemeine Kerl hatte sofort eingewilligt!), ihm Pferde abzukaufen, um sie nach Frankreich zu verschiffen.

Ich war damals acht Jahre alt. Trotz meiner Jugend arbeitete ich als Peon, als Arbeiter, wie ein Mann, besser als ein Mann, weil ich nicht faul war. Vielleicht machten mich meine Tüchtigkeit und mein Fleiß beliebt, denn alle Peone schenkten mir etwas: allerdings erledigte ich auch einen Teil ihrer Pflichten. Aber was bekam ich alles geschenkt! Das Schönste – ich besitze es heute noch – war das Paar Sporen mit den kleinen Silbersternen.

Ich war der Letzte beim Schlafengehen und der Erste beim Aufstehen, um das Herdfeuer anzuzünden, den Mate zu bereiten oder die Pferde zu satteln. Sie nannten mich *Findling,* aber auch *Bichofeo,* das heißt Dreckspatz, weil ich hässlich war, *Beutelratte,* weil ich nachts Eier stahl, *Bachstelze* wegen meiner spindeldürren Beine.

Ich war vertraut mit allem, was Männer zu tun pflegen: Trinken, Rauchen, Boccia- oder Tabaspielen; ich konnte Tiere mit dem Lasso einfangen und abhäuten, ich verstand auch anderes, worüber ich schweige. Ich liebte die Pferde, sie waren mein Spielzeug, aber auch mein Handwerkszeug. In der Herde von Don Eusebio (diesem gemeinen Kerl, dem «La Fe-

de Tres Arroyos) había caballos de todos los pelos: alazanes, gateados, zainos, azulejos, tobianos, rosillos, picazos, malacaras, colorados, bayos, tordillos, negros, blancos. Todos me gustaban, salvo el blanco, que atraía los rayos, el rosillo que parecía sucio. El mío era moro y uno de los pocos de ese pelo en mi pago. Tal vez por ese motivo me gustaba tanto la canción del Moro, cantada por Gardel, que a menudo oía en la radio de Tres Arroyos.

Yo no era caviloso ni inclinado a creer en la mala suerte, aunque tuviera ya experiencia de adulto. Empecé a temer que embarcaran el moro con el resto de la tropilla, pues no sólo era mañero y medio manco, sino bichoco, y no me pertenecía.

Los hombres del establecimiento, salvo Ireneo, que tenía un corazón de oro, daban poca importancia a la amistad que me unía al caballo. Por esa amistad yo me creía poco menos que su propietario, pero en ese punto reconozco que me equivocaba.

El tiempo rápidamente reveló que mis temores eran justificados.

Fijada la fecha de partida, en el establecimiento se hizo un rodeo: apartaron los caballos que mandarían a Bahía Blanca, para embarcarlos en un buque de carga francés, llamado *Mistral.* Tres hombres y yo los arrearíamos hasta el puerto. Luego el capataz e Ireneo se embarcarían con la tropilla, destinada al matadero en Francia. Como si yo también fuera a embarcar me despedí de mi madre, que insistió en no dejarme ir a Bahía Blanca, para no quedar sola. En vez de besar su mejilla besé su esclavina de lana azul y pensé que me iría más lejos aún.

Era pleno verano. Durante el trayecto arreamos

licidad» in Tres Arroyos gehörte) gab es Pferde aller Farben: Füchse, Braune, Rotschimmel, Rotfüchse, Hellbraune, Getigerte, Gescheckte, Gefleckte, Rappen, Schimmel. Ich mochte sie alle, außer dem Schimmel, weil er die Blitze anzog, und dem Rotschimmel, weil er schmutzig aussah. Meins war ein Grauschimmel, einer der wenigen dieser Art in meinem Dorf. Vielleicht war das der Grund, weshalb mir das Lied vom Moro so gut gefiel, das Gardel sang und das ich so oft im Radio von Tres Arroyos hörte.

Ich war nicht grüblerisch veranlagt und auch nicht abergläubisch, obgleich ich schon die Erfahrungen eines Erwachsenen gemacht hatte. Ich begann zu fürchten, dass man den Moro mit dem Rest der Herde verschiffen würde, denn er war nicht nur eigenwillig und halb lahm, sondern außerdem altersschwach, und er gehörte mir ja gar nicht. Die Männer des Betriebes, mit Ausnahme von Ireneo, der ein Herz aus Gold hatte, nahmen die Freundschaft zwischen mir und dem Pferd gar nicht wichtig. Ich selber betrachtete mich wegen dieser Freundschaft sozusagen als seinen Besitzer, doch ich gebe zu, dass ich mich da irrte.

Sehr bald stellte sich heraus, dass meine Sorge begründet war.

Das Abreisedatum wurde festgesetzt, und im Betrieb fand ein Rodeo statt: man sonderte die Pferde aus, die nach Bahia Blanca gebracht und auf den französischen Frachter «Mistral» verfrachtet werden sollten. Drei Männer und ich würden sie zum Hafen treiben. Dann würden Ireneo und der Aufseher mit der für den Schlachthof in Frankreich bestimmten Herde an Bord gehen. Ich verabschiedete mich von meiner Mutter wie für eine Seefahrt – und sie wollte mich nicht einmal nach Bahia Blanca ziehen lassen, um nicht allein zu bleiben. Statt ihrer Wange küsste ich ihr blaues wollenes Schultertuch und dachte dabei, dass ich noch viel weiter reisen würde.

Es war Hochsommer. Wir trieben die Pferde von morgens

los caballos de sol a sol. Llevé poco equipaje; justo lo necesario para un viaje largo: las espuelitas y el poncho. De continuo el capataz nos retaba a Ireneo y a mí; esto me unía a Ireneo. Yo discurría tretas para embarcarme. ¿Qué podía hacer sin la ayuda de alguien? ¿Podría esconderme en el barco hasta que zarpáramos? ¿Quedarme con el Moro? ¿Huir a último momento con él? La solución fue mejor. Yo sabía que la cebolla hacía llorar los ojos. Antes de llegar a Bahía Blanca (el trayecto duró una semana entre una cosa y otra), robé una cebolla en la cocina de una fonda donde nos apeamos y, para conmover a Ireneo, me la pasé por los ojos. Todo salió como por encanto, pues estuve media hora a solas con él, lagrimeando, mientras el capataz se lavaba los pies, orinaba en la letrina o cumplía otros engorrosos preparativos para proseguir el viaje. Expliqué a Ireneo la causa de mi llanto: el Moro era un caballo extraordinario; para salvarlo me embarcaría con él. Un llanto verdadero hubiera sido menos elocuente. Ireneo me dijo:

– Un hombre no llora y menos cuando lleva espuelas y se llama Bichofeo. El Moro no vale nada, pero todo va en gustos ... ¡Caray que estás hediondo!

Prometió, si yo me bañaba, armar personalmente, con el pretexto de llevar en lugar seguro las herramientas, un enorme cajón para esconderme durante el viaje. Así lo hizo, porque era hombre de palabra.

En lugar de pasear por Bahía Blanca, el día de nuestra partida preparó el cajón, en el que agregó una cama de paja y unas arpilleras para cubrirme. A último momento me deslicé en el escondite. Ireneo

bis abends. Ich hatte wenig Gepäck mitgenommen, gerade nur das Notwendigste für eine lange Reise: die kleinen Sporen und den Poncho. Der Aufseher schalt ständig mit Ireneo und mit mir: das brachte mich Ireneo näher. Ich dachte mir lauter Tricks aus, um an Bord zu gelangen. Doch was konnte ich tun, ohne fremde Hilfe? Sollte ich mich auf dem Schiff verstecken, bis es Anker lichtete? Beim Moro bleiben? Im letzten Moment mit ihm fliehen? Doch dann fiel mir etwas Besseres ein. Ich wusste, dass eine Zwiebel die Augen zum Weinen bringt. Bevor wir nach Bahia Blanca kamen (im ganzen brauchten wir für die Strecke eine Woche), stahl ich in der Küche eines Gasthauses, an dem wir hielten, eine Zwiebel und rieb mir damit die Augen, um Ireneo zu rühren. Alles ging wie am Schnürchen, denn ich blieb eine halbe Stunde mit ihm allein, tränenden Auges, während der Aufseher sich die Füße wusch, im Abort Wasser ließ oder andere umständliche Vorbereitungen zu seiner Reise traf. Ich erklärte Ireneo den Grund meines Weinens: Moro war ein außergewöhnliches Pferd; um es zu retten, würde ich mit ihm auf das Schiff gehen. Echte Tränen hätten kaum mehr bewirken können. Ireneo sagte:

«Ein Mann weint nicht, schon gar nicht, wenn er Sporen trägt und Bichofeo heißt. Der Moro ist nichts wert – doch jeder nach seinem Geschmack … Pfui, du stinkst aber!»

Er versprach mir, wenn ich ein Bad nähme, werde er selber eine große Kiste herrichten, angeblich um sein Werkzeug sicher zu verwahren; darin könne ich mich auf der Überfahrt verstecken. Das tat er auch, denn er war ein Mann, der sein Wort hält.

Statt sich Bahia Blanca anzusehen, machte er an unserem Abfahrtstag die Kiste zurecht, in die er eine Strohmatte und ein paar Säcke zum Zudecken legte. Im letzten Moment schlüpfte ich in das Versteck. Ireneo nagelte die Kiste mit

clavó las tablas que me encerraban, dejando algunos agujeros para que yo pudiera respirar y aun ver. Con muchas recomendaciones pidió a los estibadores que no golpearan demasiado el cajón, para que no se rompiera la madera. Con la grúa lo subieron a bordo, sin tropiezos.

Durante cinco días dormí en la cubierta, sobre la cama de paja, entre los caballos. Ireneo me visitaba para traerme comida. Salía de mi escondite de noche y como tuve suerte de no ser visio, me atreví a pasear por la cubierta en horas más peligrosas. El capataz me sorprendió abrazado al Moro. Entonces Ireneo pareció tan asombrado como él. Discutieron si me arrojarían al mar, pues mi presencia en el barco podría traer disgustos. Luego convinieron en tirar a la suerte con una moneda. Estaban borrachos. Me di cuenta de ello porque se servían continuamente vino de una damajuana. «Los franceses en los barcos llevan bebidas buenas; están dispuestos a cambiarlas por yerba o maní», me había dicho Ireneo el día anterior.

– ¿Cara o cruz? – dijo Ireneo.

– Cara – dijo el capataz.

Ireneo tiró la moneda al aire y la barajó en la palma de la mano. Salió cara.

– Lo tiraremos al mar – murmuró el capataz.

La palabra más cruel me la dijo Ireneo:

– Despedite del Moro, Bichofeo.

Estiraron un poncho sobre el piso. Me despedí del Moro, como lo había ordenado Ireneo, y me eché de boca sobre el poncho, acurrucándome después sobre un costado. Los hombres tomaron el poncho por las puntas y me levantaron en el aire. Si hubiera sido en broma, el juego me hubiera gustado. El barco se mo-

Brettern zu, ließ aber ein paar Löcher, damit ich atmen und auch etwas sehen konnte. Nachdrücklich sagte er den Stauern, sie sollten die Kiste nicht allzu grob behandeln, damit das Holz nicht kaputtginge. Mit dem Kran wurde sie mühelos an Bord gehoben.

Fünf Tage lang schlief ich auf Deck, auf der Strohmatte, bei den Pferden. Ireneo besuchte mich und brachte mir Essen. Nachts verließ ich mein Versteck, und da mich glücklicherweise niemand entdeckte, wurde ich übermütig und spazierte sogar während der gefährlicheren Stunden frei herum. Der Aufseher überraschte mich, als ich gerade den Moro umarmte. Ireneo schien ebenso überrascht wie der andere. Sie überlegten, ob sie mich ins Meer werfen sollten, denn meine Anwesenheit an Bord konnte sie in Schwierigkeiten bringen. Dann entschlossen sie sich, mit einer Münze über mein Schicksal zu entscheiden. Sie waren betrunken. Ich merkte es daran, dass sie ununterbrochen Wein aus einer großen Flasche tranken. «Die Franzosen nehmen gute Getränke auf ihre Schiffe mit; später tauschen sie sie dann gegen Yerba Mate oder Erdnüsse ein», hatte mir Ireneo am Vortag gesagt.

«Kopf oder Schrift?» sagte Ireneo.

«Kopf», sagte der Aufseher.

Ireneo warf die Münze in die Luft und fing sie in der offenen Hand auf. Sie lag mit dem Kopf nach oben.

«Wir werfen ihn ins Meer», murmelte der Aufseher.

Das Grausamste aber sagte Ireneo:

«Nimm Abschied vom Moro, Bichofeo!»

Sie breiteten einen Poncho auf dem Boden aus. Ich verabschiedete mich vom Moro, wie Ireneo befohlen hatte, und legte mich mit dem Gesicht nach unten auf den Poncho, dann rollte ich mich auf der Seite zusammen. Die Männer nahmen den Poncho an den Enden und hoben mich hoch. Wäre es ein Scherz gewesen, hätte mir das Spiel gefallen. Das Schiff

vía y tambaleándose los hombres se arrimaron a la borda. Como si hubieran comprendido, los caballos relincharon; pero no lo hacían por mí, sino de terror, porque se levantaba una tormenta. Los marineros aparecieron en la cubierta, treparon a los mástiles, desanudaron sogas, anudaron otras. El capataz y mi amigo soltaron las puntas del poncho y me dejaron caer al suelo.

– Arreglate como puedas – me dijeron, acodándose a la borda.

– Yo me lavo las manos – declaró el capataz, encendiendo un cigarrillo.

– Decile al Moro que te proteja. ¿No lloraste por él, como una mujer, cuando llegábamos a Bahía Blanca?

Me senté sobre unas sogas, más muerto que vivo. Yo con el susto, el capataz e Ireneo con la borrachera, no hacíamos caso de la tripulación, que iba y venía; ni siquiera del capitán, que se acercó y me dijo dos o tres palabras en francés, palmoteándome el hombro. Supe después que me tomó por un fantasma, por una de esas visiones producidas por el delirio que alguna vez padeció. Ahora, cuando recuerdo, pienso que tal vez estaba beoda la tripulación entera, pues se conducía tan caprichosamente que era difícil comprender lo que hacía y por qué lo hacía. La tormenta arreciaba, crujían las maderas como si el barco se quebrara. Los relinchos aumentaron. El capataz e Ireneo estaban mareados, los caballos también: daba risa mirarlos. Eso sí, ver a Ireneo, que era tan hombre, vomitar, me causó pena. Yo gateaba por la cubierta y con gusto recibía el agua en el pelo y en la cara. Por primera vez veía el mar enojado.

bewegte sich, und stolpernd näherten sich die Männer der Reling. Die Pferde begannen zu wiehern, als hätten sie verstanden, was vorging; doch sie wieherten nicht meinetwegen, sondern aus Angst, weil ein Gewitter heraufzog. Die Matrosen erschienen auf Deck, kletterten auf die Masten, lösten Seile, knoteten andere fest. Der Aufseher und mein Freund ließen die Enden des Poncho los und ich fiel auf den Boden.

«Mach, was du willst», sagten sie und stützten sich mit den Armen auf die Reling.

«Ich wasche meine Hände in Unschuld», erklärte der Aufseher und zündete sich eine Zigarette an.

«Sag dem Moro, er soll dich beschützen. Hast du nicht um ihn geflennt wie ein Weib, als wir nach Bahia Blanca gingen?»

Ich setzte mich auf einen Haufen Seile, mehr tot als lebendig. Weder ich mit meinem Schrecken noch der Aufseher und Ireneo in ihrem Rausch achteten auf die hin und her rennende Besatzung oder auf den Kapitän, der herankam und mir auf die Schulter klopfte und ein paar Worte auf französisch sagte. Später erfuhr ich, dass er mich für ein Gespenst gehalten hatte, für eine Erscheinung, durch einen der Anfälle hervorgerufen, an denen er manchmal litt. Jetzt, wenn ich zurückdenke, glaube ich, dass die gesamte Besatzung betrunken gewesen sein muss, denn sie benahmen sich so seltsam, dass man wirklich kaum verstehen konnte, was sie taten und warum sie es taten. Das Gewitter wurde stärker, das Holz krachte, als zerbräche das Schiff. Das Wiehern wurde immer lauter. Der Aufseher und Ireneo wurden seekrank; die Pferde auch, sie sahen komisch aus. Aber zu sehen, wie der Ireneo, der ein ganzer Mann war, sich erbrach, machte mich traurig. Ich kroch auf allen Vieren auf Deck herum und war froh, das Wasser auf dem Haar und im Gesicht zu spüren. Zum ersten Mal sah ich das Meer erzürnt.

Cuando calmó la tormenta, sequé mi ropa al sol. Ireneo me dio una manta. No tardaron mis compañeros en obligarme a hacer todo el trabajo. Tenía que bañar los caballos, darles la ración, limpiar las camas. El capataz e Ireneo conversaban todo el día o bebían o jugaban a la taba con marineros que conocían dos o tres palabras de castellano. Como el Moro y yo, los hombres se entienden mejor cuando no hablan el mismo idioma.

Soñé una noche que montado en el Moro galopaba por el mar en dirección al sol del poniente, hasta llegar de nuevo a Tres Arroyos. Muchas veces deseé bajar del barco y alejarme en aquella extensión misteriosa donde no había alfalfa, ni trigo, ni girasol, ni lino, ni barro, ni tierra arada, ni greda, ni arboledas, ni pájaros, ni vacunos, ni majadas, sino agua azul, agua verde, agua negra con espuma.

Ireneo y el capataz discutían a menudo, mientras yo bañaba o daba la ración a los caballos. ¿De qué discutían? No sé. Miraban un planito de Francia y le dibujaban cruces con un lápiz; hablaban de un dinero que repartirían entre ellos, también.

El barco atracó en Pernambuco. En el puerto, mercachifles exhibieron inmediatamente carpetas, colchas, canastas, adornos de celuloide, muñecos de madera. Ireneo me preguntó si quería que me comprara algo. Era bueno Ireneo. Le pedí un pajarito, porque pensé que era lo más barato y que alegraría al Moro, porque en el campo un tordo solía posarse sobre su lomo. Le pedí también un cortaplumas, porque me hacía falta para limpiarme las uñas.

– ¿Y abrigo? – me dijo –. ¿No sabes que hay nieve en Francia?

Als sich der Sturm gelegt hatte, trocknete ich meine Kleidung an der Sonne. Ireneo gab mir eine Decke. Bald halsten mir meine Kameraden alle ihre Arbeiten auf. Ich musste die Pferde waschen, füttern, ihre Lager säubern. Der Aufseher und Ireneo schwatzten den ganzen Tag miteinander, tranken oder spielten Taba mit Matrosen, die etwas Spanisch konnten. Genauso wie der Moro und ich, verstehen sich auch die Menschen besser, wenn sie nicht die selbe Sprache sprechen.

Eines Nachts träumte ich, dass ich auf dem Moro über das Meer hin galoppierte, der untergehenden Sonne nach, bis ich wieder nach Tres Arroyos kam. Oft wünschte ich mir, ich könnte das Schiff verlassen und mich von dieser unheimlichen, unendlichen Weite entfernen, wo es keinen Klee gab, keinen Weizen, keine Sonnenblumen, keinen Flachs, keinen Schlamm, kein gepflügtes Land, keinen Lehm, keine Bäume, keine Vögel, keine Rinder, keine Herden – nur blaues Wasser, grünes Wasser, schwarzes Wasser mit Schaumkronen.

Ireneo und der Aufseher redeten oft miteinander, während ich die Pferde wusch oder ihnen Futter gab. Über was redeten sie? Ich weiß es nicht. Sie studierten eine Landkarte von Frankreich und zeichneten mit einem Bleistift Kreuze ein; sie sprachen auch von Geld, das sie sich teilen würden.

Das Schiff legte in Pernambuco an. Gleich boten im Hafen die Händler Tisch- und Bettdecken feil, Körbe und niedliche Kleinigkeiten aus Zelluloid und hölzerne Puppen. Ireneo fragte, ob er mir etwas kaufen solle. Ireneo war gutmütig. Ich bat ihn um einen kleinen Vogel, weil ich annahm, dass es das Billigste sei, und weil es den Moro freuen würde, denn zu Hause auf dem Lande hatte sich oft eine Drossel auf seinem Rücken niedergelassen. Ich bat ihn auch um ein Taschenmesser, das ich brauchte, um meine Nägel zu putzen.

«Und einen Mantel?» sagte er. «Weißt du nicht, dass es in Frankreich Schnee gibt?»

Me encogí de hombros.

– Con el ponchito basta – le contesté.

Casi desnudo me escondí en el cajón. Como fogón ardía el sol. Gotas de sudor chorreaban por mi frente. Era carnaval y algunas máscaras, al caer la noche, bajaron al embarcadero, buscando un barco argentino, donde había fiesta. Pasaban con sus caretas, bailaban, tiraban serpentinas a nuestro barco vacío. Salí de mi escondite y me asomé. Vi una fila de negros, algunos con bolsas al hombro, otros con pescados colgando de una caña; no sé si pertenecían a la comparsa enmascarada o si eran peones que aprovechaban el fresco de la noche para trabajar. Los caballos, apesadumbrados por el calor y las moscas del día, agachaban las cabezas. Sin olvidar mi obligación los bañé y les di agua, antes de recorrer el barco, aprovechando el rato de soledad.

Amanecía cuando volvieron el capataz e Ireneo. Me escondí. Como llegaban borrachos yo sabía lo que me esperaba. Ireneo traía un cacho de bananas y una jaulita; el capataz, un sombrero de paja aludo, lleno de chirimoyas y de abacashis. Nada bueno me esperaba; cuando estaban borrachos no tenían otra preocupación que deshacerse de mí.

– ¿Dónde está? – vociferaba el capataz, mientras subía la planchada, mirando a todos lados.

– Ahí me parece haberlo visto – respondió Ireneo.

– Yo lo vendo por nada, por veinte reis. En casa de la loca limpiará los patios: puede darse por bien servida. Y él, qué más quiere. Comerá bananas todo el santo día, como un mono.

En la dársena una mujer de pelo rojo, extravagante, agitaba una mano, miraba el barco, esperaba

Ich zuckte mit den Schultern.

«Der kleine Poncho genügt mir», antwortete ich.

Fast nackt versteckte ich mich in der Kiste. Die Sonne brannte wie Feuer. Schweißtropfen liefen mir über die Stirn. Es war Karneval; bei Anbruch der Nacht kamen ein paar Maskierte den Hafendamm herunter, auf der Suche nach einem argentinischen Schiff, auf dem ein Fest stattfand. Sie gingen vorbei mit ihren Masken, warfen tanzend Papierschlangen auf unser leeres Schiff. Ich verließ mein Versteck und schaute umher. Ich sah eine Reihe Neger, manche mit Säcken auf den Schultern, andere mit Angeln, an denen Fische hingen; ich weiß nicht, ob sie zu den Maskierten gehörten oder ob es Peone waren, die die frische Nachtbrise nutzten, um zu arbeiten. Die Pferde, den ganzen Tag von der Hitze und den Fliegen geplagt, ließen die Köpfe hängen. Ich vergaß meine Pflichten nicht, wusch sie und gab ihnen zu trinken, bevor ich über das Schiff ging und mein Alleinsein genoss.

Im Morgengrauen kehrten der Aufseher und Ireneo zurück. Ich versteckte mich. Sie waren betrunken und ich wusste, was mich erwartete. Ireneo brachte ein Büschel Bananen und einen kleinen Käfig mit; der Aufseher einen breitkrempigen Strohhut voll Zuckerbirnen und Ananas. Nichts Gutes wartete auf mich; wenn sie betrunken waren, hatten sie nur eine Sorge: wie sie mich loswerden konnten.

«Wo ist er?», schimpfte der Aufseher. Er kam die Gangway herauf und schaute sich nach allen Seiten um.

«Ich glaube, ich habe ihn dort gesehen», antwortete Ireneo.

«Ich verkaufe ihn für einen Pappenstiel, für zwanzig Reis. Er kann bei der verrückten Frau die Innenhöfe schrubben; sie wird sich gut bedient finden. Und er, was will er mehr? Er kann den ganzen Tag Bananen essen wie ein Affe.»

Auf dem Kai stand eine Frau mit auffallend rotem Haar. Winkend schaute sie zum Schiff herüber, sie hoffte wohl,

probablemente que me entregaran de una vez el capataz e Ireneo. Me buscaron hasta la salida del sol. Bajaron del barco y de nuevo subieron. Mi escondite era seguro, pues me alojé en un camarote vacío, por cuyo ojo de buey veía todo. El barco tembló, sonó la sirena, se levantó la planchada, golpeó la cadena del ancla contra los hierros el casco. Aproveché del movimiento para salir del camarote y meterme en el cajón.

Cuando estábamos navegando, advertí que Ireneo y el capataz dormían en la cubierta. Ireneo, junto a la jaula que en lugar de un pájaro contenía un monito, y al cacho de bananas; el capataz junto al sombrero de paja con chirimoyas. Me acerqué, arranqué cuatro bananas, regalé una al mono y comí las otras; tenía hambre, pues Ireneo me daba alimentos una vez por día, y nunca frutas sino las sobras de su comida, que era abundante, pero no de mi agrado. El mar, tan parecido a la llanura, ya no fue verde, sino azul, cuando dejamos Pernambuco.

Tramábamos con Ireneo una huida a nado con la tropilla, para salvarla del matadero. ¡Parecía tan fácil! Mucho más fácil que llegar a Francia.

A veces el monito andaba con Ireneo, que lo llevaba bajo el poncho, porque era friolento, y a veces conmigo. Lo bautizamos Maní.

Un caballo enfermó de locura. Hubo que tirarlo al mar para que nadie se enterara de la enfermedad, pues si no al llegar a Francia nos hubieran puesto en cuarentena, y ¡adiós negocio!

– Si otro caballo enloquece, también lo tiramos al mar – decía el capataz, moviendo una mano amenazadora –. Hay que evitar que descubran la enfer-

dass der Aufseher oder Ireneo mich endlich abliefern würden. Sie suchten mich bis zum Sonnenaufgang. Sie verließen das Schiff und kehrten wieder zurück. Mein Versteck war sicher, ich befand mich in einer leeren Kabine, durch deren Bullauge ich alles sehen konnte. Das Schiff erzitterte, die Sirene erklang, die Gangway wurde hochgezogen, die Ankerkette schlug gegen die Eisenteile des Schiffrumpfes. Ich nutzte das Rollen des Schiffes, um die Kabine zu verlassen und in die Kiste zu schlüpfen.

Als wir auf hoher See waren, merkte ich, dass Ireneo und der Aufseher auf Deck schliefen. Ireneo lag neben dem Bananenbündel und dem Käfig, der statt eines Vogels ein Äffchen enthielt; der Aufseher bei seinem Strohhut mit den Zuckerbirnen. Ich näherte mich, riss vier Bananen ab, schenkte eine dem Affen und ass die anderen; ich war hungrig; Ireneo gab mir einmal am Tag zu essen, aber niemals Obst, sondern nur die Reste seiner Mahlzeit – es war zwar reichlich, aber es schmeckte mir nicht. Das Meer, der Ebene so ähnlich, war nicht mehr grün, sondern blau, als wir Pernambuco hinter uns ließen.

Ireneo und ich hatten vor, schwimmend mit der Herde zu fliehen, um sie vor dem Schlachthof zu retten. Es schien so leicht! Viel leichter, als nach Frankreich zu kommen.

Das Äffchen war manchmal bei Ireneo, der es unter dem Poncho trug, weil es so verfroren war, und manchmal bei mir. Wir nannten es Maní, das heißt Erdnuss.

Ein Pferd erkrankte am Koller. Es musste ins Meer geworfen werden, damit niemand von der Krankheit erfuhr, denn sonst hätten sie uns alle bei der Ankunft in Frankreich in Quarantäne gesteckt und dann: adieu, Geschäft!

«Wenn noch ein Pferd wahnsinnig wird, werfen wir es ebenfalls ins Meer», sagte der Aufseher und machte eine drohende Handbewegung. «Wir müssen verhindern, dass

medad y nos arruinen el negocio, aunque debamos echar al agua toda la tropilla.

Yo observaba al Moro con inquietud. Un día lo noté triste y le puse vino en el agua, para alegrarlo.

El capitán, que sabía algunas palabras de castellano, conversaba a menudo con Ireneo y con el capataz. De nuevo habló de que había un niño a bordo, quizá un polizonte; a lo que Ireneo le dijo que si padecía de delirio era mejor que se cuidara.

De noche las fosforescencias y de día los peces voladores me deslumbraban. Las horas pasaron con rapidez; ni tiempo me daban para dormir. Ireneo discutía siempre con el capataz; a ellos tampoco el tiempo les alcanzaba. Con desgano jugaban a la taba o al truco, alumbrados por un farol.

Una noche en que jugaban por plata, el capataz gritó ¡trampa! Ireneo contestó riendo. El capataz lo arrinconó contra la borda. Relucieron los cuchillos. El de Ireneo cayó al suelo. Lo recogí. Quise alcanzárselo, pero lo tomó el capataz y se lo clavó en el pecho. El capataz trató de reanimar a Ireneo toda la noche. Antes de que amaneciera envolvió el cadáver en bolsas, las ató con sogas y lo tiró al mar. Me dijo:

– Diremos que se suicidó. Total, le hice un favor. ¿Para qué quería vivir?

Cuando la tripulación se enteró de que faltaba Ireneo, lo buscaron hasta en la bodega. Casi me descubren a mí. ¡Pero a mí ya no me importaba!

Uno de los marineros encontró sobre la cucheta de Ireneo un papel que decía: «No me busquen porque voy a tirarme al mar. Ahí acabarán mis penas. Ireneo». El capataz era como un hombre que perdió a un hermano, cuando el capitán le palmeó la espalda.

die Krankheit entdeckt und unser Geschäft ruiniert wird, und wenn wir die ganze Herde ins Wasser schmeißen müssen!»

Besorgt beobachtete ich den Moro. Eines Tages schien er mir traurig, da tat ich etwas Wein in sein Trinkwasser, um ihn aufzumuntern.

Der Kapitän, der ein bisschen Spanisch radebrechte, unterhielt sich oft mit Ireneo und dem Aufseher. Wieder sprach er davon, dass ein kleiner Junge an Bord sein müsse, vielleicht ein blinder Passagier. Ireneo erwiderte ihm, er scheine an Anfällen zu leiden und solle bloß vorsichtig sein.

Nachts war das Meeresleuchten, mein Entzücken, tags waren es die fliegenden Fische. Die Stunden flogen nur so, kaum blieb mir Zeit zum Schlafen. Ireneo redete immer mit dem Aufseher, auch ihnen reichte die Zeit nicht. Unlustig spielten sie Taba oder Karten, bei Petroleumlicht.

Eines Nachts, als sie um Geld spielten, schrie der Aufseher: «Betrug!» Ireneo lachte. Der Aufseher drängte ihn an die Reling. Es blitzten die Messer. Das von Ireneo fiel zu Boden. Ich hob es auf. Ich wollte es ihm geben, aber der Aufseher nahm es und stieß es ihm in die Brust. Die ganze Nacht bemühte sich der Aufseher, Ireneo wiederzubeleben. Vor dem Morgengrauen wickelte er den Leichnam in Säcke, verschnürte ihn und warf ihn ins Meer. Er sagte:

«Wir werden sagen, dass er sich das Leben genommen hat. Und überhaupt habe ich ihm eigentlich einen Gefallen getan. Wozu wollte er leben?»

Als die Besatzung merkte, dass Ireneo fehlte, suchte man ihn überall, sogar im Laderaum. Fast hätten sie mich dabei entdeckt. Aber mir war jetzt alles gleichgültig!

Einer der Matrosen fand auf Ireneos Koje einen Zettel, auf dem stand: «Sucht mich nicht, denn ich werde mich ins Meer stürzen. Dann hören meine Leiden auf. Ireneo.» Der Aufseher sah aus wie einer, der einen Bruder verloren hat, als der Kapitän ihm auf die Schulter klopfte.

Con la desaparición de Ireneo, el capataz se ocupó del mono y de mí. Me trajo vino: lo tiré al mar. Me trajo comida: la tiré al mar. Durante cinco días no probé bocado, pero desfallecía, y avergonzado comí para no morir. El capataz me regaló el rebenque de Ireneo, que tenía empuñadura de plata: sin contestarle, mirándolo en la cara, lo acepté.

Cuando llegamos a Francia, llovía. Con el apuro de los últimos momentos Maní quedó en el barco. Con la grúa me bajaron en el cajón, me depositaron en la dársena de El Havre. Divisé a Maní junto a la baranda de la cubierta. Le grité adiós.

En la entrada del pueblo había ruinas. Fue allí donde el capataz sacó una carta arrugada y me anunció la muerte de mi madre. Él andaba medio encorvado, porque maldad y deformidad van juntas. Se quitó la boina y me alargó la mano. Crucé los brazos.

– Lo siento de verdad – me dijo, y agregó –: Si querés quedarte con el Moro, te lo regalo, Bichofeo.

– Me llamo Luis – le respondí, pensando que los asesinos tienen cara de gusano.

Emprendimos el viaje de El Havre al matadero. De mi mano cayó el gorro de arpillera que usaba Maní en el barco. Francia estaba tan vacía como el partido de Tres Arroyos, pero hacía más frío. Yo, montado en el Moro, el capataz en un alazán, arreábamos la tropilla. Desde aquel día odio los alazanes. Fue largo el trayecto, como fue largo el trayecto de Tres Arroyos a Bahía Blanca; ningún cerco de cinacina, ningún eucalipto nos guarecía. Los caminos

Nach Ireneos Verschwinden kümmerte sich der Aufseher um mich und um den Affen. Er brachte mir Wein: ich schüttete ihn ins Meer. Er brachte mir Essen: ich warf es ins Meer. Fünf Tage lang rührte ich keinen Bissen an, aber ich kam dabei fast um, und beschämt aß ich wieder, um nicht zu sterben. Der Aufseher schenkte mir Ireneos Peitsche, die einen Griff aus Silber hatte. Ohne ein Wort schaute ich ihm in die Augen und nahm sie an.

Als wir in Frankreich ankamen, regnete es. In der Eile der letzten Minuten blieb das Äffchen Maní auf dem Schiff. Mit dem Kran wurde ich in der Kiste hinuntergeschafft und auf dem Kai von Le Havre abgestellt. An der Reling konnte ich Maní erkennen. Ich rief ihm einen Abschiedsgruß zu.

Am Eingang des Dorfes standen ein paar Ruinen. Dort zog der Aufseher einen zerknitterten Brief hervor und teilte mir den Tod meiner Mutter mit. Er war bucklig, denn das Böse und das Ungestalte treffen zusammen. Er nahm die Mütze ab und hielt mir die Hand hin. Ich kreuzte die Arme vor der Brust.

«Es tut mir wirklich leid», sagte er, und fügte hinzu: «Wenn du den Moro behalten willst, schenke ich ihn dir, Bichofeo.»

«Ich heiße Luis», antwortete ich und dachte dabei, dass Mörder wie Würmer aussehen.

Wir machten uns auf den Weg zum Schlachthof. Die Mütze aus Sackleinen, die Maní auf dem Schiff getragen hatte, entglitt meiner Hand. Frankreich war genauso leer wie die Gegend von Tres Arroyos, aber es war kälter. Wir trieben die Herde, ich auf dem Moro, der Aufseher auf einem Fuchs. Seit jenem Tag hasse ich Füchse! Die Strecke war lang, so lang wie die von Tres Arroyos nach Bahia Blanca; keine Cinacina-Hecke, kein Eukalyptus boten uns Schutz. Die von Bäumen umsäumten Straßen zogen sich

arbolados se estiraban hasta el horizonte. Los pueblos tenían calles torcidas y angostas. El cielo estaba más lejos y no reconocí las estrellas. ¿Dónde estarían las Tres Marías y los Siete Cabritos? Ya habíamos pasado una semana en aquel país parecido al nuestro y tan diferente. Nos acercábamos al matadero. Oímos los bramidos de los animales en la mañana. Entonces, en el momento en que la tropilla, súbitamente aterrada, comprendiendo dónde la llevábamos, se dtuvo, arrimé mi caballo al del capataz. ¿Qué había en la mirada mía para asustar a un hombre? Le crucé la cara de un rebencazo y le grité:

– Por Ireneo.

Largué la rienda al Moro, clavé las espuelas. Huí en dirección adonde habíamos desembarcado. Galopé, sin mirar a dónde iba, no sé cuánto tiempo. Cuando el Moro, bañado en sudor, se detuvo, como si se le aflojaran las patas, caí contra su pescuezo, abrazado. Una mujer me habló. Yo miraba a lo lejos. La mujer tenía una esclavina azul. Me bajé del caballo y ella tomó las riendas. Me desmayé sobre su pecho, con la cara contra la esclavina. Acariciándome el pelo, dijo algo en francés, que no entendí, pero yo oí las palabras que me dijo mamá cuando me fui a Bahía Blanca: «Quedate con tu madre» y la voz de Gardel que cantaba en la radio del almacén de Tres Arroyos.

hin bis zum Horizont. Die Dörfer hatten krumme, enge Gäßchen. Der Himmel war weiter weg und ich erkannte keines der Sternbilder. Wo waren wohl die drei Gürtelsterne, die Gluckhenne? Eine ganze Woche waren wir nun schon in diesem Land, das dem unseren so ähnlich und doch so anders ist. Wir näherten uns dem Schlachthof, hörten das Gebrüll der Tiere am frühen Morgen. Und dann, in dem Augenblick, da die Herde angsterfüllt stehen blieb, als ahnte sie plötzlich, wohin sie getrieben wurde, brachte ich mein Pferd neben das des Aufsehers. Was lag in meinem Blick, das einen Mann erschreckte? Ich schlug ihm mit der Peitsche ins Gesicht und rief:

«Für Ireneo!»

Ich gab dem Moro Zügel und Sporen und floh in die Richtung, wo wir von Bord gegangen waren. Ich galoppierte, ohne zu sehen, wohin, ohne zu wissen, wie lange. Als der Moro schweißgebadet stehen blieb, als würden seine Beine einknicken, fiel ich gegen seinen Hals und klammerte mich an ihn. Eine Frau sprach zu mir. Ich blickte in die Ferne. Die Frau trug ein blaues Schultertuch. Ich stieg ab, die Frau nahm die Zügel. An ihrer Brust wurde ich ohnmächtig, das Gesicht presste ich an ihr Schultertuch. Sie streichelte mein Haar und sagte etwas auf französisch, was ich nicht verstand, aber ich vernahm, was meine Mutter gesprochen hatte, als ich nach Bahia Blanca ging: «Bleib bei deiner Mutter», und hörte die Stimme Gardels im Radio des Ladens von Tres Arroyos.

Juan Carlos Onetti
Regreso al Sur

Cuando estuvo solo en el rincón del café, Óscar volvió a pensar en la cabeza pálida del tío Horacio en la camilla, que parecía haber aceptado definitivamente la expresión de leve interés y cortesía con que se enmascaraba al escuchar hablar de personas y cosas que habían estado o atravesado el sur de Buenos Aires, la zona extranjera que se iniciaba en la calle Rivadavia, y a partir del Carnaval de 1938. Tío Horacio alzaba las cejas y casi sonreía para esperar el fin de aquellas conversaciones. Recordando su rostro muerto, era nuevamente imposible adivinar en qué sentido y con qué intención el odio y el desprecio actuaban sobre las imágenes y los seres del barrio sur, cuál había sido la deformación obtenida, o – tal vez no era más que esto – en qué tono de luz el odio y el desprecio envolvían para tío Horacio los paisajes proscriptos del sur.

El primer sábado del Carnaval del 38, tío Horacio y Perla pasearon por Belgrano después de la comida; salieron del departamento y caminaron despacio por Tacuarí y Piedras, tomados del brazo. Óscar supo que habían ido a beber cerveza a un café alemán y que habían conversado allí hasta pasada la media noche. Cuando volvieron, ella estuvo dando vueltas sin motivo por la casa, tarareando una música de Albéniz, y casi en seguida se acostó. Tío Horacio quedó un rato sentado junto a la mesa donde Óscar estudiaba. Parecía cansado, y se quitó el cuello. Jugaba con el reloj, metiendo un dedo en el bolsillo del chaleco, y miraba pensativo la mesa, en las pausas, entre las preguntas

Juan Carlos Onetti
Zurück in den Süden

Als er allein in der Ecke des Cafés saß, dachte Oscar noch einmal an den bleichen Kopf von Onkel Horacio auf der Bahre, der endgültig den Ausdruck von leichtem Interesse und Höflichkeit angenommen zu haben schien, mit dem er sich maskierte, wenn er von Personen und Dingen reden hörte, die den Süden von Buenos Aires gebildet oder erlebt hatten, die Ausländerzone, die in der Calle Rivadavia begann, und vom Karneval 1938 an. Onkel Horacio hob die Brauen und lächelte kaum merklich in Erwartung des Endes solcher Unterhaltungen. Wenn er sich an sein totes Gesicht erinnerte, war es erneut unmöglich zu erraten, in welchem Sinn und mit welcher Absicht Hass und Verachtung auf die Bilder und Menschen des Südviertels einwirkten, wie sehr sie entstellt waren oder – vielleicht war es auch nicht mehr als das – in welchen Lichtton Hass und Verachtung für Onkel Horacio die geächteten Gebiete des Südens einhüllten.

Am ersten Samstag des Karnevals von 38 gingen Onkel Horacio und Perla nach dem Essen auf der Begrano spazieren; sie verließen die Wohnung und gingen langsam über die Tacuarí und die Piedras, untergehakt. Oscar erfuhr, dass sie in ein deutsches Lokal Bier trinken gegangen waren und dass sie sich dort bis nach Mitternacht miteinander unterhalten hatten. Als sie heimgekehrt waren, lief sie grundlos in der Wohnung umher, trällerte eine Melodie von Albéniz und ging fast sofort ins Bett. Onkel Horacio blieb eine Weile an dem Tisch sitzen, an dem Oscar studierte. Er schien müde und nahm sich den Halskragen ab. Er spielte mit der Uhr, indem er einen Finger in die Westentasche steckte, und betrachtete nachdenklich den Tisch, in den Pausen zwischen den zerstreuten Fra-

distraídas. Óscar vio que sonreía suavemente, y lo oyó reír un poco cuando se levantó y estuvo un rato de pie, las piernas muy separadas, sacudiendo la cabeza. Después suspiró, hizo la última pregunta sobre libros y exámenes y subió al dormitorio.

El domingo no salieron de casa; durante todo el día se movieron con pesadez y silencio por el calor de la casa, mal vestidos, tendiendo a los rincones frescos y semioscuros, donde marcaban su presencia con gruesos diarios de la mañana, revistas y libros ajados, de fecha antigua. Cuando Óscar se fue al anochecer, tío Horacio estaba solo en el escritorio contando unas gotas de remedio. «Ella se quiere ir y él no quiere presionarla hablándole de su enfermedad – pensó Óscar –, o ella se quiere ir y él va a buscar la forma de presionarla haciéndole saber, sin decirlo, que está otra vez enfermo».

El lunes de Carnaval estuvieron todo el día juntos y afuera; Óscar los vio de noche, nuevamente amigos; tío Horacio habló de muchas cosas, un poco excitado y feliz, con sudor en la frente y un jadeo al sonreír. El martes Óscar llegó a la calle Belgrano al anochecer; tío Horacio estaba solo, junto a una ventana, la camisa desprendida, los lentes colgando por una patilla de los dedos y la quinta edición de un diario junto a los pies descalzos. Se saludaron, y Óscar no le vio más que sueño en la cara. Después no pudo comprender – porque aquello representaba a un desconocido cualquiera y no tenía relación alguna con tío Horacio – el encontrar encima de la carpeta del comedor, cerca del vaso de leche y el sándwich de jamón que le dejaba todas las noches Perla, una carta escrita con tinta muy azul, desplegada, sujeta con el centro de mesa, con cuatro dobleces bien marcados.

gen. Oscar sah, dass er sanft lächelte, und er hörte ihn ein wenig lachen, als er sich erhob und eine Weile stehen blieb, mit weit gespreizten Beinen und den Kopf schüttelnd. Dann seufzte er, stellte die letzte Frage über Bücher und Prüfungen und ging ins Schlafzimmer.

Am Sonntag gingen sie nicht aus dem Haus; während des ganzen Tages bewegten sie sich schwerfällig und schweigend durch die Hitze des Hauses, nachlässig gekleidet, den kühlen und halbdunklen Ecken zustrebend, wo sie ihre Anwesenheit mit dicken Morgenzeitungen, Zeitschriften und alten, zerfledderten Büchern markierten. Als Oscar gegen Abend ging, saß Onkel Horacio allein am Schreibtisch und zählte ein paar Tropfen Medizin ab. ‹Sie will gehen, und er will sie nicht unter Druck setzen, indem er ihr von seiner Krankheit redet›, dachte Oscar, ‹oder sie will gehen, und er versucht, sie unter Druck zu setzen, indem er sie wissen lässt, ohne es zu sagen, dass er wieder krank ist.›

Am Karnevalsmontag waren sie den ganzen Tag zusammen und draußen; Oscar sah sie am Abend, wieder innig miteinander; Onkel Horacio sprach von vielen Dingen, ein wenig aufgeregt und glücklich, mit Schweiß auf der Stirn und keuchend beim Lächeln. Am Dienstag kam Oscar gegen Abend zur Calle Belgrano; Onkel Horacio saß allein am Fenster, mit offenem Hemd, die Brille hing an einem Bügel zwischen den Fingern, und die Nachtausgabe einer Tageszeitung lag neben seinen bloßen Füßen. Sie begrüßten sich, und Oscar sah nur die Müdigkeit in seinem Gesicht. Dann konnte er nicht begreifen – weil das irgendeinen Unbekannten darstellte und keinerlei Beziehung zu Onkel Horacio hatte –, dass er auf der Decke des Esstisches, neben dem Glas Milch und dem Schinkensandwich, die Perla ihm jeden Abend hinstellte, einen Brief fand, geschrieben mit dunkelblauer Tinte, auseinandergefaltet, unter dem Tischaufsatz, mit vier deutlich markierten Faltungen. Die Milch,

La leche, el sándwich y la carta habían sido puestos allí por tío Horacio, por el hombre que estaba junto a la ventana de la otra habitación; quería enterarlo, sin preguntas, de que Perla se había ido con perdones, olvido, felicidad y el irrenunciable derecho a la realización de la propia vida. No volvieron a hablar de Perla; cuando Óscar volvió en la madrugada, la carta no estaba en la mesa, y tío Horacio continuaba espiando por la ventana la noche caliente de Carnaval todavía blando en la cara el gesto de bondadoso hastío que habría de señalarlo hasta el final.

En el tiempo de Belgrano, el hijo de Horacio, Walter, iba pocas veces a visitarlos; pero cuando se mudaron a una pensión de Paraná y Corrientes comenzó a llegar casi todas las noches demasiado bien vestido, perfumado, con el largo pelo endurecido y brillante echado hacia la nuca. Óscar lo oía taconear en el corredor y luego veía aparecer su cara blanca, hecha de una materia exangüe y envejecida, mucho más vieja que él, como si Walter la hubiese prestado para que otro hombre la gastara en años rellenos de miserias, de mirar sin nobleza y de estirar sonrisas falsas y vacilantes.

– Holaquetal – decía por encima de la lámpara la cara solitaria entre la pared oscura y el traje negro. Saludaba a tío Horacio y comenzaba a pasearse entre el balcón y la cama, contando historias de gentes del teatro y la radio, del dinero que iba a ganar en la temporada, de ganancias fabulosas en el Hipódromo de La Plata. Construía el esqueleto de su vida y Óscar, sobre los libros, lo iba rellenando y cubriendo con magulladuras sin consuelo, caras abyectas, mujeres sin sombrero, de largos trajes de colores deprimentes, que balbuceaban sobre mesitas cuadradas

das Sandwich und der Brief stammten von Onkel Horacio, dem Mann, der neben dem Fenster im anderen Zimmer saß; er wollte ihm mitteilen, ohne Fragen, dass Perla gegangen war, einvernehmlich, nicht nachtragend, glücklich und mit dem unabweislichen Recht, ihr eigenes Leben zu führen. Sie sprachen nicht wieder von Perla; als Oscar im Morgengrauen heimkehrte, lag der Brief nicht mehr auf dem Tisch, und Onkel Horacio beäugte weiter durch das Fenster die heiße Karnevalsnacht, im Gesicht noch schwach der Ausdruck gutmütigen Ekels, der es bis zum Ende kennzeichnen sollte.

In der Belgranozeit besuchte der Sohn Horacios, Walter, sie nur selten; aber als sie umzogen in eine Pension Ecke Paraná/Corrientes, begann er fast jeden Abend zu kommen, allzu gut gekleidet, parfümiert, das lange Haar glänzend und hart, in den Nacken gekämmt. Oscar hörte seine Absätze im Flur, und dann sah er sein weißes Gesicht erscheinen, aus einem blutleeren und gealterten Stoff, sehr viel älter, als er war, als hätte Walter es verliehen, damit ein anderer Mann es verbrauchte in Jahren voller Elend, voller Blicke ohne Großmut und mit falschem und schwankendem Lächeln.

«Hallo wie gehts», sagte über der Lampe das einsame Gesicht zwischen der dunklen Wand und dem schwarzen Anzug. Er begrüßte Onkel Horacio und ging dann zwischen dem Balkon und dem Bett auf und ab, wobei er Geschichten von Leuten vom Theater und vom Radio erzählte, vom Geld, das er in der Saison verdienen würde, von fabelhaften Gewinnen im La Plata Hippodrom. Er zeichnete das Skelett seines Lebens, und Oscar, über seinen Büchern, füllte es auf und bedeckte es mit trostlosen Quetschungen, verkommenen Gesichtern, Frauen ohne Hut, in langen Kleidern mit bedrückenden Farben, die an quadratischen Tischen bei Musik lallten, immer bei

y bajo música, siempre bajo música de bandoneones o trompetas, o poblando, cubiertas con salidas de baño, en horas de siesta, el patio de la pensión.

La valla de la calle Rivadavia se levantó gracias a Walter. No se animó a decirlo directamente al viejo; estaba detrás de tío Horacio y habló dirigiéndose a Óscar, que se ponía la corbata frente al espejo.

– Vi a Perla en un café de la Avenida. No me dijo nada especial, pero está bien.

Después, en otras noches, supieron que Perla se había ido con un hombre que tocaba la guitarra en un café español, y la cara oscura y aceitosa del amante de Perla se hizo para Óscar inseparable del recuerdo de la mujer. Tío Horacio no hizo comentarios, y no parecía haberse enterado de la proximidad nocturna de Perla, cinco cuadras al Sur. Óscar supo que había oído a Walter, porque en los paseos de la noche, cuando salían a tomar un café liviano a alguna parte, comenzó a llegar por Paraná hasta Rivadavia, donde se abría la Plaza del Congreso y hacia donde miraba con curiosidad idéntica noche tras noche; luego doblaba a la izquierda y continuaban conversando por Rivadavia hacia el Este. Casi todas las noches; por Paraná, por Montevideo, por Talcahuano, por Libertad. Sin hablar nunca de aquello, Óscar tuvo que enterarse de que la ciudad y el mundo de tío Horacio terminaban en mojones infranqueables en la calle Rivadavia; y todos los nombres de calles, negocios y lugares del barrio sur fueron suprimidos y muy pronto olvidados. De manera que cuando alguien los nombraba junto a él, tío Horacio parpadeaba y sonreía, sin comprender, pero disimulando, esperando con paciencia que la historia o los personajes cruzaran Rivadavia y él pudiera situarlos.

Bandoneon- oder Trompetenmusik, oder die, gehüllt in Bademäntel, während der Siesta den Hof der Pension bevölkerten.

Der Zaun der Calle Rivadavia erhob sich dank Walter. Er hatte nicht den Mut, es dem Alten direkt zu sagen; er stand hinter Onkel Horacio und sprach an Oscar gerichtet, der sich vor dem Spiegel die Krawatte umband.

«Ich habe Perla in einem Café der Avenida gesehen. Sie hat mir nicht ausdrücklich etwas gesagt, aber es geht ihr gut.»

Später, an anderen Abenden, erfuhren sie, dass Perla mit einem Mann gegangen war, der in einem spanischen Café Gitarre spielte, und das dunkle, ölige Gesicht von Perlas Liebhaber wurde für Oskar untrennbar von der Erinnerung an die Frau. Onkel Horacio gab keinen Kommentar, und er schien sich nicht darüber klar geworden zu sein, dass Perla abends so nah war, fünf Blocks weiter im Süden. Oscar bemerkte, dass er Walter gehört hatte, denn bei den abendlichen Spaziergängen, wenn sie ausgingen, um irgendwo einen dünnen Kaffee zu trinken, begann er, über die Paraná bis zur Rivadavia zu gehen, wo sich der Kongressplatz öffnete, auf den er mit gleichbleibender Neugier Abend für Abend schaute; dann bog er nach links ab, und sie unterhielten sich weiter auf der Calle Rivadavia Richtung Osten. Fast jeden Abend; über die Paraná, die Montevideo, die Talcahuano, die Libertad. Ohne dass sie darüber sprachen, wurde Oscar unabweisbar klar, dass die Stadt und die Welt von Onkel Horacio an unüberschreitbaren Grenzsteinen in der Calle Rivadavia endete; und alle Straßennamen, Geschäfte und Orte des Südviertels wurden unterdrückt und bald schon vergessen. Und wenn dann jemand sie vor ihm erwähnte, blinzelte Onkel Horacio und lächelte, ohne zu verstehen, aber er ließ sich nichts anmerken und wartete geduldig, dass die Geschichte oder die Personen die Rivadavia überquerten und er sie verorten konnte.

Así estaban en el año 38, y así siguieron en el 39, hasta el principio de la guerra, golpeándose los dos sin violencia casi todas las noches contra el muro de Rivadavia, sabiendo por Walter que la Avenida «estaba llena de gente gorda y el otro día andaba un torero». Sabían también que casi cada semana inauguraban un nuevo café, con canciones y música; en todos ellos instalaba Walter al guitarrista junto a una Perla remozada y locuaz que bebía manzanilla y golpeaba las palmas a compás. «Es por la guerra de España», comentaba Walter.

Pero la guerra de España había terminado hacía mucho tiempo, y por muchos meses la Avenida de Mayo fue para Óscar – y él pensaba que también para tío Horacio – diez cuadras flanqueadas de cafés ruidosos en la noche, con hombres y mujeres gordos tomando cerveza en las aceras, mientras a la luz del día muchos toreros iban y venían con paso apresurado. Y las pocas veces en que Óscar atravesó solo de noche Rivadavia y vio una Avenida de Mayo reconocible, volvió sin decir una palabra a tío Horacio y olvidó en seguida lo que había mirado. Así que estaba seguro que dentro de tío Horacio seguía paralizada la visión fantástica del territorio perdido, donde Perla conversaba y reía y donde era frecuente que hubiera una Perla en cada café ruidoso, cerca de un torero, cerca de un hombre de pelo retinto, inclinado encima de una guitarra.

La última vez que tío Horacio estuvo enfermo, el médico lo había mirado con ojos desganados al ponerle la inyección. «No se sabe cuánto – dijo después –. A lo mejor vive más que usted». Óscar decía que sí pero Walter no quería creer y murmuraba con el cigarrillo en la boca – la boca un poco torcida por

So stand es mit ihm im Jahr 38, und so machten sie 39 weiter, bis zum Beginn des Krieges, stießen sich beide ohne Gewalt fast jeden Abend an der Mauer der Rivadavia und wussten von Walter, dass die Avenida «voller dicker Leute war und neulich war da sogar ein Torero». Sie wussten auch, dass fast jede Woche ein neues Café eröffnet wurde, mit Gesang und Musik; und in sie alle plazierte Walter den Gitarristen zusammen mit einer verjüngten und redseligen Perla, die Manzanillawein trank und im Takt mit den Händen klatschte. «Wegen des Krieges in Spanien», kommentierte Walter.

Aber der Krieg in Spanien war schon vor langer Zeit zu Ende gegangen, und viele Monate lang war die Avenida de Mayo für Oscar – und er dachte, auch für Onkel Horacio – zehn Blocks voller abendlicher lärmender Cafés, mit dicken Männern und Frauen, die auf den Gehwegen Bier tranken, während bei Tageslicht viele Toreros eiligen Schritts auf und ab gingen. Und die wenigen Male, die Oscar abends allein die Rivadavia überquerte und eine wiedererkennbare Avenida de Mayo sah, kehrte er heim, ohne Onkel Horacio ein Wort zu sagen, und vergaß sofort, was er sich angesehen hatte. Deshalb war er sicher, dass in Onkel Horacio die phantastische Vision des verlorenen Gebiets unverändert weiterlief, wo Perla sich unterhielt und lachte, wo es ständig eine Perla in jedem lärmigen Café gab, neben einem Torero, neben einem Mann mit tiefschwarzem Haar, über eine Gitarre gebeugt.

Als Onkel Horacio das letzte Mal krank war, hatte der Arzt ihn mit lustlosen Augen angeschaut, als er ihm eine Spritze gab. «Man weiß nicht wie lange», sagte er später. «Womöglich lebt er länger als Sie.» Oscar sagte ja, aber Walter wollte es nicht glauben und murmelte mit der Zigarre im Mund – den Mund ein bisschen verzogen durch

el cigarrillo, el perfil alto, tal como Óscar lo veía atrás de las ventanas de los cafés –: «Un día nos da un susto».

El susto llegó una noche en que salieron a caminar los tres, tío Horacio en el medio, un sábado en el principio del verano. Tío Horacio caminaba despacio, hablando, palabra por palabra, de la organización de los productores de trigo de Canadá, y Óscar lo vigilaba de reojo, mientras Walter, taconeando, los delgados hombros hacia adelante, afirmaba, sacudiendo la cabeza donde el pequeño sombrero mostraba el lado izquierdo del peinado brillante. Siempre sacudía así la cabeza cuando tío Horacio comenzaba a repetir, en tono familiar y sin énfasis, lo que había leído en libros y revistas. Óscar pensaba en Walter, tomando mate en los atardeceres de la pensión, entre los gritos y las perezas de las mujeres que chancleteaban con sus batas manchadas de *rouge*, repitiendo con voz seria los artículos que le había transmitido su padre unos días antes sobre la distribución de productos en la posguerra, la talla de diamantes y la ola de crímenes sexuales en los Estados Unidos.

Tío Horacio iba hablando de Manitoba y reduciendo *bushels* a kilos en la esquina de Talcahuano y Rivadavia y, sin interrumpirse, sin un gesto de anuncio, sin nada que revelara que comprendía lo que estaba haciendo, continuó andando y hablando, cruzó la valla invisible de Rivadavia y llegó a la otra acera. Se detuvo un momento para respirar con lentitud, y en seguida continuó andando despacio, recorriendo la corta cuadra que llevaba a Avenida de Mayo. Por arriba y por detrás de tío Horacio, Óscar se miró con Walter y vio cómo el otro le hacía una

die Zigarre, das hohe Profil, so wie Oscar ihn hinter den Scheiben der Cafés sah –: «Eines Tages jagt er uns einen Schreck ein.»

Der Schreck kam eines Abends, als die drei zu einem Spaziergang ausgingen, Onkel Horacio in der Mitte, an einem Samstag zu Anfang des Sommers. Onkel Horacio ging langsam und sprach, Wort und Wort, von der Organisation der Weizenprodukte in Kanada, und Oscar beobachtete ihn aus dem Augenwinkel, während Walter, mit klackernden Absätzen, die schmalen Schultern nach vorn geneigt, zustimmte und dabei den Kopf schüttelte, wo der kleine Hut die linke Seite der glänzenden Frisur zeigte. Immer schüttelte er so den Kopf, wenn Onkel Horacio begann, zwanglos und leichthin zu wiederholen, was er in Büchern und Zeitschriften gelesen hatte. Oscar dachte an Walter, wie der an den Nachmittagen in der Pension Mate trank, zwischen dem Geschrei und der Trägheit der Frauen, die in ihren rougeverschmierten Schlafröcken mit den Pantoffeln klapperten, und mit ernster Stimme die Artikel wiederholte, die ihm sein Vater einige Tage zuvor über die Produktverteilung in der Nachkriegszeit, die Diamantenschleiferei und die Welle von Sexualverbrechen in den Vereinigten Staaten mitgeteilt hatte.

Onkel Horacio sprach gerade über Manitoba, an der Ecke Talcahuana/Rivadavia rechnete er *bushels* in Kilo um, und ohne eine Unterbrechung, ohne eine ankündigende Geste, ohne irgend etwas, das deutlich gemacht hätte, er wisse, was er tue, ging er redend weiter, über den unsichtbaren Zaun der Rivadavia hinweg, und kam auf den anderen Gehweg. Er hielt einen Augenblick an, um durchzuatmen, und ging dann sofort langsam weiter, den kurzen Block entlang, der zur Avenida de Mayo führte. Über und hinter Onkel Horacio tauschte Oscar mit Walter Blicke aus und sah, wie der andere ihm ein Lächeln zuwarf, ein

sonrisa, un signo de alegría, como si acabara de enterarse de que su padre no estaba ya enfermo.

Durante las dos cuadras que caminaron por la avenida, tío Horacio dijo que el único país digno de total respeto entre los que estaban metidos en la guerra era la China. Dijo algunos nombres geográficos, algunos nombres de generales y conductores y una profecía sobre el futuro de Asia. Frente al tercer café con música, tío Horacio se detuvo y miró sonriendo hacia adentro. «Bueno – dijo –, vamos a tomar algo». Otra vez se miraron a sus espaldas y como Walter sonreía ahora francamente a punto de comentar lo que estaba sucediendo, Óscar se tranquilizó e inició la entrada en el pequeño salón, donde un aparato de música sonaba tocando *Capricho árabe*.

Tío Horacio pidió tres cervezas, miró un poco alrededor y comenzó a hablar de la industrialización de los países coloniales. En una pausa Walter dijo: «Hay poca gente esta noche. Si cruzamos enfrente ...» Pero tío Horacio siguió hablando, con la cara distraída y bondadosa. Cuando trajeron la cerveza estuvo un rato inclinado, con el vaso apoyado en la boca, sin beber, inmóvil, los ojos bajos. Óscar miró a Walter, que examinaba el fondo del salón, arreglándose los puños de la camisa; no pudo encontrarle los ojos y se echó hacia atrás, observando a tío Horacio y esperando. Esperó hasta que él bebió un trago, dejó el vaso sobre la mesa y se apoyó en el respaldo de la silla, la boca abierta para hablar, y comenzó a resbalar en el asiento. Walter dio un salto, se puso atrás de su padre y trató de levantarlo tomándolo de las axilas. Entre el mozo y un hombre que se acercó a la mesa, Óscar se inclinó para aflojar el nudo de la corbata del viejo. Vio que la cabeza giraba con

Zeichen der Freude, als wäre ihm klar geworden, dass sein Vater nicht mehr krank sei.

Während der zwei Blocks, die sie über die Avenida gingen, sagte Onkel Horacio, das einige ganz und gar respektable von allen in den Krieg verwickelten Ländern sei China. Er nannte einige geographische Namen, einige Namen von Generälen und Heerführern und machte eine Prophezeiung über die Zukunft Asiens. Vor dem dritten Café mit Musik blieb Onkel Horacio stehen und schaute lächelnd hinein. «Kommt», sagte er, «lasst uns etwas trinken.» Wieder sahen sie sich hinter seinem Rücken an, und da Walter jetzt offen lächelte, im Begriff zu kommentieren, was da vor sich ging, beruhigte Oscar sich und ging als erster in den kleinen Saal, wo eine Musikbox erklang und *Capricho árabe* spielte.

Onkel Horacio bestellte drei Bier, schaute sich ein bisschen um und fing an, über die Industrialisierung der Kolonialstaaten zu sprechen. In einer Pause sagte Walter: «Es sind wenig Leute hier heute abend. Vielleicht gehen wir nach drüben ...» Aber Onkel Horacio sprach weiter, mit zerstreutem und gutmütigem Gesicht. Als sie das Bier brachten, blieb er eine Weile nach vorn gebeugt, das Glas am Mund, ohne zu trinken, reglos, die Augen gesenkt. Oscar sah Walter an, der den Hintergrund des Saals absuchte und sich die Manschetten zurechtzupfte; er konnte seinen Blick nicht finden und lehnte sich zurück, beobachtete Onkel Horacio und wartete. Er wartete, bis der einen Schluck trank, das Glas auf den Tisch stellte und sich an den Stuhlrücken lehnte, den Mund geöffnet zum Sprechen, und auf dem Sitz zu rutschen begann. Walter sprang auf, stellte sich hinter seinen Vater und versuchte, ihn aufzurichten, indem er ihn unter den Achseln fasste. Zwischen dem Kellner und einem Mann, der an den Tisch kam, beugte Oscar sich vor, um den Krawattenknoten des Alten zu

trabajo, se inclinaba hacia un hombro y volvía a levantarse. Entonces Walter gritó:

«Hacete una corrida y traé las gotas.»

Óscar salió corriendo del café, consiguió un taxi y viajó a Paraná y Corrientes a buscar el remedio; no quería pensar en nada, solamente recordaba a tío Horacio cruzando la calle Rivadavia y preguntando con voz paciente, sin presionar, seguro de que él mismo podría dar en seguida la respuesta exacta: «¿Y cuál es el secreto de la fuerza de los agricultores canadienses?»

Óscar dijo al chofer que esperara y subió corriendo la escalera. No había nadie en el vestíbulo; empezaba la buena estación y era sábado, todos debían haber salido. Entró en la pieza y vio a Perla sentada en la cama, un brazo separado del cuerpo, con la mano hundida en la colcha, el pecho bastante más saliente que cuando vivía en Belgrano, tal vez más gorda en todo, muy pintada. La mujer sonrió, inclinando la cabeza como las niñas; era el gesto de siempre para tío Horacio, el gesto de ganar discusiones, hacerse perdonar, llevarlo a la cama.

– ¿Cómo le va? – dijo ella, y bajó la cabeza sin dejar la sonrisa, hasta casi tocar el hombro con la mejilla.

Óscar no le contestó nada y por un momento se olvidó del remedio, del coche que esperaba, de tío Horacio resbalando en la silla. Se sacó el sombrero y se apoyó en la mesa, frente a ella, mirándola. Después también él sonrió, porque Perla dijo:

– ¿Qué le pasa? ¿Se asombra de verme, verdad? Parece que no se alegrase mucho – empezó a levantar la cabeza –. ¿Horacio salió? Yo quería verlo ...

lockern. Er sah, dass der Kopf sich mühsam drehte, sich zu einer Schulter neigte und sich wieder aufrichtete. Da rief Walter:

«Schnell, lauf und hol die Tropfen.»

Oscar lief aus dem Café, rief ein Taxi und fuhr zur Paraná/ Corrientes, um die Medizin zu holen; er wollte an nichts denken, erinnerte sich nur an Onkel Horacio, wie er die Calle Rivadavia überquerte und mit geduldiger Stimme fragte, ohne Nachdruck, sicher, dass er selbst sofort die genaue Antwort geben könnte: «Und was ist das Geheimnis der Stärke bei den kanadischen Bauern?»

Oscar sagte dem Chauffeur, er solle warten, und lief die Treppe hinauf. Niemand war in der Diele; die schöne Jahreszeit begann, und es war Samstag, alle waren wohl ausgegangen. Er ging ins Zimmer und sah Perla auf dem Bett sitzen, einen Arm etwas vom Körper gespreizt, die Hand unter die Bettdecke geschoben, die Brust sehr viel weiter vorragend als zu der Zeit in der Belgrano, vielleicht insgesamt dicker, sehr geschminkt. Die Frau lächelte, neigte mädchenhaft den Kopf; das war die übliche Geste für Onkel Horacio, die Geste, um Streitgespräche zu gewinnen, um Verzeihung zu erheischen, ihn ins Bett zu holen.

«Wie geht es Ihnen?» sagte sie und senkte den Kopf, ohne mit dem Lächeln aufzuhören, bis sie fast die Schulter mit der Wange berührte.

Oscar antwortete nicht und für einen Augenblick vergaß er die Medizin, den Wagen, der wartete, den auf dem Sitz rutschenden Onkel Horacio. Er nahm den Hut ab und lehnte sich an den Tisch, ihr gegenüber, und schaute sie an. Dann lächelte auch er, denn Perla sagte:

«Was ist los mit Ihnen? Sie sind erstaunt mich zu sehen, nicht wahr? Es scheint, als würden Sie sich nicht sehr freuen.» Sie hob leicht den Kopf an. «Horacio ist ausgegangen? Ich wollte ihn besuchen ...»

Óscar volvió a ponerse el sombrero, fue a buscar el frasquito al botiquín, y mientras lo revolvía le habló:

– Está ahí, en un café de la Avenida, con un ataque.

La oyó levantarse, caminar de un lado a otro y asegurar varias veces que era imposible. Repetía: «Tan luego ahora»; y Óscar no supo lo que quería decir. Encontró el frasco y le dijo:

– Tengo un automóvil esperando para ir al café. Si quiere venir, se apura.

En el primer viaje en taxi no hablaron; Óscar estaba con el cuerpo inclinado, mirando la calle por encima del brazo del chófer, con el frasquito apretado entre las rodillas. Cuando llegaron al café, el aparato de música tocaba un pasodoble, y la mesa estaba vacía, con un mozo de pie, al lado, comentando con alguien de una mesa vecina, mientras movía sin sentido la servilleta.

– Ya se lo llevaron – dijo el mozo –. Seguía peor, y de aquí mismo llamamos y se lo llevaron. No sé adónde. Lo habrán llevado a Esmeralda al 66. Le voy a preguntar al patrón si sabe.

El patrón no sabía, pero hablaron en la calle con el vigilante, y les dijo que se habían llevado a tío Horacio a Esmeralda 66.

– ¿Cómo estaba? – preguntó Perla.

– No sé – dijo el vigilante –. Estaba mal. Cuando yo llegué se desmayó del todo.

Siguieron en otro coche hasta la Asistencia Pública, y en este segundo viaje Perla mostró un pañuelo en la mano y comenzó a llorar, la cabeza otra vez inclinada, como si hubiera cerca alguien a quien pedir alguna cosa.

Oscar setzte sich den Hut wieder auf, ging das Fläschchen in der Hausapotheke suchen, und während er sie durchwühlte, sagte er zu ihr:

«Er ist drüben, in einem Café der Avenida, und hat einen Anfall.»

Er hörte sie aufstehen, auf und ab gehen und mehrere Male versichern, das sei unmöglich. Sie wiederholte: «Noch dazu jetzt», und Oscar wusste nicht, was das bedeuten sollte. Er fand das Fläschchen und sagte zu ihr:

«Unten wartet ein Wagen, um zum Café zu fahren. Wenn Sie mitkommen wollen, beeilen Sie sich.»

Während der ersten Fahrt im Taxi sprachen sie nicht; Oscar saß mit vornübergebeugtem Körper, und schaute über den Arm des Chauffeurs hinweg auf die Straße, das Fläschchen zwischen die Knie geklemmt. Als sie ins Café kamen, spielte die Musikbox einen Paso doble, und der Tisch war leer, ein Kellner stand daneben, im eifrigen Gespräch mit jemandem vom Nachbartisch, wobei er das Serviertuch unsinnig hin und her bewegte.

«Sie haben ihn schon fortgebracht», sagte der Kellner. «Es ging ihm immer schlechter, und wir haben von hier aus angerufen, und sie haben ihn fortgebracht. Ich weiß nicht wohin. Sie werden ihn zur Esmeralda Nr. 66 gebracht haben. Ich gehe den Chef fragen, ob er es weiß.»

Der Chef wusste es nicht, aber sie sprachen auf der Straße mit dem Schutzmann, und der sagte ihnen, sie hätten Onkel Horacio in die Esmeralda Nr. 66 gebracht.

«Wie ging es ihm?» fragte Perla.

«Ich weiß nicht», sagte der Schutzmann. «Es ging ihm schlecht. Als ich kam, ist er ganz und gar ohnmächtig geworden.»

Sie fuhren mit einem anderen Wagen zur Unfallstation, und während dieser zweiten Fahrt zeigte Perla ein Taschentuch in der Hand und begann zu weinen, den Kopf wiederum geneigt, als wäre jemand in der Nähe, den sie um etwas bitten könnte.

En la Asistencia Pública los dejaron entrar en seguida, los guiaron por un corredor, caminaron por un laberinto hecho de bastidores y entraron después en una sala grande, donde Walter estaba tironeándose desconcertadamente de los puños de la camisa, y tío Horacio estaba muerto, acostado en una camilla.

En el último viaje de la noche Perla estuvo arrinconada en el asiento, la mano larga abierta contra el pañuelo que le tapaba la cara. El automóvil iba a poca velocidad por Esmeralda, y cuando ella bajó la mano en una bocacalle, Óscar le vio los ojos enrojecidos y la nariz hinchada; la boca, pintada y bien hecha, con un poco de vello bajo la nariz, seguía tranquila, avanzando un poquito, con el gesto que le servía a Óscar para identificarla cuando la recordaba, igual a la boca de los retratos que tío Horacio había tenido escondidos en un cajón del escritorio.

– Me echaron como si yo fuera ... – empezó a rezongar la mujer.

– No; la echaron como a todo el mundo. No había nada que hacer allí.

– Yo quería estar.

Óscar prefería soportar el ruido que hacía cuando lloraba a escucharla hablar. Perla volvió a recostarse en el asiento, sin llorar ahora, la mano enrulando el pañuelo en la falda, Óscar recordaba la cabeza de tío Horacio en la camilla y a Walter dando vueltas alrededor, con el perfume del cosmético, el traje de compadrito, los blancos puños de la camisa escondiéndole las muñecas, repitiendo, deteniéndose para buscar inútilmente otra frase, las mismas palabras que había dicho Perla: «Tan luego ahora ...». La enfermera escribía de pie en un rincón, y el médico se secaba las manos en el otro lado de la sala.

In der Unfallstation ließ man sie sofort hinein, führte sie durch einen Flur, sie gingen durch ein Labyrinth aus spanischen Wänden und traten dann in einen großen Saal, wo Walter sich verstört an den Manschetten zupfte und Onkel Horacio tot auf einer Bahre lag.

Während der letzten Fahrt des Abends saß Perla in die Ecke gedrückt, die lange Hand flach auf dem Taschentuch, das ihr das Gesicht bedeckte. Das Auto fuhr mit geringer Geschwindigkeit durch die Esmeralda, und als sie an einer Straßenmündung die Hand hob, sah Oscar ihre geröteten Augen und die geschwollene Nase; der Mund, geschminkt und wohlgeformt, mit einem leichten Flaum unter der Nase, blieb ruhig, ein kleines bisschen vorgeschoben, ein Ausdruck, der Oscar diente, sie zu erkennen, wenn er sich an sie erinnerte, so wie der Mund auf den Porträts, die Onkel Horacio in einer Schublade des Schreibtischs verborgen hatte.

«Sie haben mich hinausgeworfen, als wäre ich ...», empörte die Frau sich.

«Nein; man hat Sie wie alle andern auch hinausgeworfen. Es war ja auch nichts mehr zu machen dort.»

«Ich wollte dableiben.»

Oscar ertrug lieber das Geräusch, das sie beim Weinen machte, als dass er sie sprechen hörte. Perla lehnte sich wieder auf dem Sitz zurück, sie weinte jetzt nicht, die Hand rollte das Taschentuch in den Rock ein, Oscar erinnerte sich an den Kopf von Onkel Horacio auf der Bahre und an Walter, der um sie herumlief, parfümiert, mit seinem Geckenanzug, den weißen Manschetten über den Handgelenken, und die Worte wiederholte, stehenblieb, um erfolglos einen anderen Satz zu suchen, dieselben Worte, die Perla gesagt hatte: «Noch dazu jetzt ...» Die Krankenschwester schrieb stehend in einer Ecke, und der Arzt trocknete sich die Hände auf der anderen Seite des Saals.

– Oiga – dijo Perla –. ¿Usted tomó las disposiciones?

Él la miró en silencio y, a la luz que entraba cortándoles las caras, la vio temblar de rabia.

– Ah – dijo Óscar un rato después –, ese animal de Walter se va a ocupar de todo.

– Pobre Walter – dijo ella –. Se quedó muy afectado.

Óscar se volvió a mirar la calle, pensando: «disposiciones» y «afectado» ... «Además está gorda como una vaca».

– Usted siempre el mismo – dijo ella con amargura y debilidad –. Parece que no le importa mucho. En cambio, Walter ...

– Puede ser – dijo Óscar –. Tiene razón; a Walter, sí.

Hizo detener el coche en Paraná y Corrientes, mientras ella sacudía la cabeza y repetía el ruido del llanto. Óscar esperó un momento y después le dijo que él se bajaba allí, pero que si ella quería seguir podía darle dinero para el taxi. Ella dijo que no y bajó, y mientras Óscar pagaba al chófer estuvo esperando recostada en la pared, más gorda que antes, metida en la sombra con su vestido claro; quedaron luego mirándose en silencio, y él sintió el perfume que venía en olas sin fuerza desde el pecho de Perla, que subía y bajaba junto al portal vacío.

Después Óscar entró en el café y fue a buscar el rincón solitario, pensando en cuál sería la frase que tal vez hubiese esperado la mujer, parada e inmóvil, frente a él, hasta que se separaron sin hablar, y pudo verla de espaladas, alejándose hacia la Avenida, hacia el muro invisible de Rivadavia, de regreso al Sur.

«Hören Sie», sagte Perla. «Haben Sie die Vorkehrungen getroffen?»

Er schaute sie schweigend an, und in dem Licht, das ins Auto drang und ihnen ins Gesicht fiel, sah er sie vor Wut zittern.

«Ach», sagte Oscar etwas später, «dieser Dummkopf von Walter wird sich um alles kümmern.»

«Der arme Walter», sagte sie. «Er war sehr betroffen.»

Oscar wandte sich um, schaute auf die Straße und dachte: ‹Vorkehrungen› und ‹betroffen›... ‹Außerdem ist sie fett wie eine Kuh.›

«Sie sind immer gleich», sagte sie bitter und schwach. «Es scheint, als ob es Ihnen nicht viel ausmacht. Walter dagegen ...»

«Kann sein», sagte Oscar. «Sie haben recht; Walter wohl.»

Er ließ den Wagen Ecke Paraná/Corrientes anhalten, während sie den Kopf schüttelte und das Geräusch des Weinens wiederholte. Oscar wartete einen Augenblick und sagte ihr dann, er steige dort aus, aber wenn sie weiterfahren wolle, könne er ihr Geld für das Taxi geben. Sie verneinte und stieg aus, und während Oscar den Chauffeur bezahlte, stand sie wartend an die Wand gelehnt, noch dicker als vorher, mit ihrem hellen Kleid im Dunkeln; sie blieben eine Weile dort und schauten sich schweigend an, und er roch das Parfüm, das in unaufdringlichen Wellen von Perlas Brust ausging, die sich neben dem leeren Eingang hob und senkte.

Dann ging Oscar in das Café und suchte die einsame Ecke auf, dachte darüber nach, welchen Satz die Frau vielleicht erwartet haben mochte, als sie reglos dort stand, ihm gegenüber, bis sie sich ohne zu sprechen trennten und er sie von hinten sehen konnte, wie sie fortging zur Avenida, zu der unsichtbaren Mauer der Rivadavia, zurück in den Süden.

Im Buch sind die Geschichten geographisch nach den Heimatländern der Autoren angeordnet, vom Norden des Subkontinents in einem Bogen gegen den Uhrzeigersinn nach Süden: Venezuela, Kolumbien, Ecuador, Peru, Chile, Argentinien, Uruguay. So ergab sich eine ansprechendere Reihenfolge als nach den Geburtsjahren der Autoren oder nach dem Autoren-Alphabet. Aber die folgenden bio-bibliographischen Notizen sind alphabetisch nach Autoren geordnet.

Die meisten Erzählungen dieses Bandes waren bereits in früheren (vergriffenen) Bänden der Reihe veröffentlicht: 9289 Ecuador, 9309 Argentinien, 9360 Kolumbien, 9364 Chile, 9373 Peru.

MARIA LUISA BOMBAL (1910 Viña del Mar, Chile, – 1980) ging in Paris zur Schule und studierte dort Literatur, Musik, Kunst und Philosophie. Mit 21 Jahren kehrte sie nach Chile zurück. 1933–1940 war sie in Buenos Aires, wo sie die Bücher *La última niebla* und *La amortajada* schrieb. Später erschienen *Las islas nuevas, La Maja y el ruiseñor* und *Historia de Maria Griselda.* Fast alle ihre Protagonisten sind Frauen, die in Träumen Zuflucht suchen. *El árbol* wird zitiert aus *La última niebla,* Editorial Andres Bello, Santiago de Chile, 1992. Lizenz von der Rechtsvertreterin Lucía G. Cunningham. Deutsche Rechte dtv.

JORGE LUIS BORGES (1899 Buenos Aires, Argentinien, – 1986). Ausbildung in Genf, Spanien, England. Nach dem Sturz von Perón Direktor der Nationalbibliothek. Universitätslehrer für englische und amerikanische Literatur in Buenos Aires. Vielseitiger Schriftsteller: Essays, Erzählungen, Lyrik. Kafka-Übersetzer. 1961 Internationaler Verlegerpreis, 1980 Cervantes-Preis. In den letzten Jahren fast blind. *El disco* zeigt das spezielle

Interesse des Autors für altgermanische Motive. Die Erzählung ist dem Band *El libro de arena* (Emecé Editores) entnommen. Dem Carl Hanser Verlag München, der den Autor in Deutschland betreut, danken wir für die Zustimmung zu dieser Publikation. In seinem Borges-Band *Das Sandbuch* steht *Die Münze* in anderer Übersetzung.

José de la Cuadra (Guayaquil, Ecuador, 1903–1941). Ausbildung zum Rechtsanwalt, Gründer der Volkshochschule seiner Vaterstadt, Konsul in Argentinien und Uruguay. Sein Interesse galt der ländlichen Bevölkerung im Montuvio, ihren Lebensbedingungen, ihren Schicksalen, ihren Überlieferungen, ihrer Ausdrucksweise. Seine wichtigsten Erzählungen entstanden in den dreißiger Jahren. Einige davon, *Banda del pueblo* (1932), *La tigra* (Entstehungsjahr unbekannt), vor allem *Los Sangurimas* (1934) und *Guásinton* (1938) gehören zum festen Bestand nicht nur der ecuadorianischen, sondern überhaupt der südamerikanischen Literatur. Lizenz durch Dr. Erna Brandenberger.

José Félix Fuenmayor (Barranquilla, Kolumbien, 1885–1966) betätigte sich hauptsächlich als Journalist und Redakteur. Bekannt wurde er mit seinem literarischen Freundeskreis «Grupo de Barranquilla». Sein literarisches Werk ist schmal. Er begann 1910 mit einem Gedichtbändchen, später schrieb er Erzählungen und den Roman *Cosme* (1927). In die Literaturgeschichte eingegangen ist er mit dem kurz nach seinem Tod erschienenen Erzählband *La muerte en la calle* (1967). Aus diesem Band stammt *¿Qué es la vida?* Lizenz durch Dr. Erna Brandenberger.

Rómulo Gallegos (Caracas, Venezuela, 1884–1969), Schriftsteller, Universitätslehrer, demokratischer Politiker (1948 Präsident von Venezuela) verbrachte mehrere Jahre im Exil in den USA, in Spanien und Mexiko. Er ist der bekannteste Roman-

cier der venezolanischen Literatur. Sein Thema sind die Menschen und die Natur in Venezuela. Der wichtigste Literaturpreis in Lateinamerika trägt seinen Namen. Werke: *Doña Bárbara* (1929), *Cantaclaro* (1934), *Canaima* (1935), *Pobre negro* (1937). *El crepúscolo del diablo* ist dem letztgenannten Band entnommen. Lizenz durch die Agentur Carmen Balcells, Barcelona.

Ventura García Calderón (Paris 1887–1959), lebte fast ausschließlich in Europa, im diplomatischen Dienst seines Heimatlandes Peru. Essayist, Erzähler, Lyriker. Seine Erzählungen beschäftigen sich mit dem Leben der Menschen in den Anden, besonders dem der Indios, allerdings mehr aus Imagination denn aus tatsächlicher Anschauung. Werke: *Cantilenas* (1924), *La venganza del cóndor* (1924), *Danger de mort, récits peruviens* (1926), *Couleur de sang* (1931), *Vale un Perú* (1939), *Cuentos peruanos* (1952). *El alfiler* entstammt dem letztgenannten Buch.

Julio Garmendia (1898 El Tocuyo, Venezuela, – 1977 Caracas), Erzähler, lebte als venezolanischer Diplomat mehrere Jahre in verschiedenen Ländern Europas. Er wird geschätzt wegen seines leichten, knappen, ironischen Stils. Zu Lebzeiten hat er nicht mehr als zwei – in Venezuela freilich legendäre – Bände mit Erzählungen veröffentlicht: *La tienda de muñecos* (1927) und *La tuna de oro* (1951). Letzterem entstammt die Erzählung *Eladia*. Lizenz von Monte Ávila Editores Latinoamericana C. A., Caracas.

Silvina Ocampo (Buenos Aires, Argentinien, 1903–1994), Ehefrau von Adolfo Bioy Casares und Schwester von Victoria Ocampo. Zunächst Malerin (Studium bei de Chirico und Léger), begann erst spät mit Schreiben. Mehrere ihrer Bücher wurden mit Preisen ausgezeichnet. Lyrik: *Enumeración de la patria; Espacios métricos; Poemas de amor desesperado*. Erzäh-

lungen: *Viaje olvidado; Autobiografía de Irene; La furia; Las invitadas; Los días de la noche*. Romane und Theaterstücke. *El Moro* ist dem Band *Las invitadas* entnommen. – Lizenz von der Autorin. Rechte an der Übersetzung: dtv.

Juan Carlos Onetti (Montevideo, Uruguay, 1909–1994 Madrid) wechselte aus ökonomischen wie aus politischen Gründen mehrfach den Wohnsitz zwischen Montevideo und Buenos Aires, wo er, um sein Schreiben zu ermöglichen, verschiedenen Berufen nachging, zumeist als Redakteur. Er heiratete viermal, zuletzt, 1955, die Geigerin Dorotea Muhr. Während der Militärdiktatur in Uruguay, Mitte der siebziger Jahre, ging er ins Exil nach Spanien. Dort ist er gestorben. – *Regreso al Sur* ist 1946 erstmals erschienen. Lizenz für den Abdruck des spanischen Textes aus *Cuentos completos* (1994) durch die Agentur Carmen Balcells, Barcelona. Lizenz für den Abdruck der Übersetzung von Gerhard Poppenberg vom Suhrkamp Verlag, Frankfurt am Main. Sie steht in dessen Band *Willkommen, Bob; Gesammelte Erzählungen*.

Pablo Palacio (Loja, Ecuador, 1906–1947 Guayaquil), aus mittelständischer Familie, Jurastudium in Quito. Der während seiner Studentenzeit 1927 erschienene Erzählband *Un hombre muerto a puntapiés* (dem *¡Señora!* entnommen ist) machte ihn gleich sehr bekannt. Noch im selben Jahr erschien sein Roman *Deborah*, 1932 sein zweiter und letzter: *Vida del ahorcado*. Bis 1938 widmente er sich dem Anwaltsberuf, seiner Professur an der Universität Quito und der Politik (u.a. als Beamter im Erziehungsministerium. Er starb in geistiger Umnachtung. – Lizenz durch Dr. Erna Brandenberger.

Hernando Téllez (Bogotá, Kolumbien, 1908–1966). Der liberale Intellektuelle war u.a. Journalist, Diplomat, Leiter der Bierbrauerei Bavaria, Senator und Übersetzer französischer

Literatur. Sein belletristisches Werk ist nicht so umfangreich wie sein essayistisch-kritisches, doch sein eindrucksvollstes Buch ist eine Sammlung Kurzgeschichten: *Cenizas para el viento y otras historias* (1950), von denen sechs, darunter *Preludio,* die Absurditäten des Violencia-Bürgerkriegs beschreiben. Téllez hält sich mit Schuldzuweisungen zurück. Oft lässt er seine Erzählungen mit einem schockierenden Effekt enden. – Lizenz durch Dr. Erna Brandenberger.

ABRAHAM VALDELOMAR (1888 Ica, Peru, – 1919 Ayacicho) studierte Literaturwissenschaft in Lima und war danach als Journalist und Diplomat in Italien. Nach einem Unfall starb er mit 31 Jahren. Er hinterließ viele Essays und Gedichte, aber sein bedeutendstes Werk sind seine Erzählungen. Sie haben Maßstäbe für die nachfolgenden Generationen peruanischer Erzähler gesetzt. Bücher: *La ciudad de los tísicos* (1921), *La ciudad muerta* (1911), *La Mariscala* (1915), *Colónida* (1916), *El caballero Carmelo* (1918) (unsere Erzählung ist die Titelgeschichte), *Belmonte el trájico* (1918).